낭송의
달인

호모
큐라스

낭송Q시리즈
낭송의 달인 호모 큐라스

발행일 초판4쇄 2021년 6월 10일(辛丑年 甲午月 戊子日) | **지은이** 고미숙 |
펴낸곳 북드라망 | **펴낸이** 김현경 | **주소** 서울시 종로구 사직로8길 24 1221호(내수
동, 경희궁의아침 2단지) | **전화** 02-739-9918 | **이메일** bookdramang@gmail.com

ISBN 978-89-97969-38-8 04800 978-89-97969-37-1(세트) | 이 도서의 국립중앙도
서관 출판시도서목록(CIP)은 서지정보유통지원시스템 홈페이지(http://seoji.nl.go.
kr)와 국가자료공동목록시스템(http://www.nl.go.kr/kolisnet)에서 이용하실 수 있
습니다.(CIP제어번호: CIP2014030176) | **Copyright © 고미숙** 저작권자와의 협의
에 따라 인지는 생략했습니다. 이 책은 지은이와 북드라망의 독점계약에 의해 출간
되었으므로 무단전재와 무단복제를 금합니다. 잘못 만들어진 책은 서점에서 바꿔 드
립니다.

책으로 여는 지혜의 인드라망, 북드라망 **www.bookdramang.com**

낭송
Q
시리즈

낭송의
달인

호모
큐라스

고미숙
지음

티

머리말

낭랑하게 낭송하라
필사적으로 필사하라
글로벌하게 글쓰기 하라

어느 날 소리가 들렸다

2014년 갑오년甲午年 봄, 남산의 꽃들이 흐드러지게 피었다 순식간에 지고 만 어느 날이었던 것 같다. 그날도 지방강연을 하러 KTX열차에 몸을 싣고 있었다. KTX는 나에게 친숙한 거처다. 먹고 자고 싸고…… 마치 '움직이는 텐트' 같은 기분이 들 때도 있다. 보통 책을 읽을 거라 생각하기 쉽겠지만 천만에! 대체로 잠을 자거나 아니면 반수면 상태로 몸을 그냥 '내비두'는 때가 더 많다.

그날도 몽롱하고 느긋한 상태로 차창을 응시하던 중이었다. 문득 '낭송집을 내야 하지 않을까' 하는 소리가 들렸다. 응? 소리가 들렸다고? 그렇다! 그건 분명 소리였다. 생각이 아니라 소리. 생각은 머리에서 떠오르지만 소리는 가슴속에서, 더 정확히는 오장육부에서 솟아난다. 그래서 '하는' 것이 아니라 '들린다'. 매일매일 그렇게 솟아올랐다 사라지는 소리들이 얼마나 많은가. 산다는 건 그런 소리들의 파동 속을 헤쳐 가는 것인지도 모르겠다.

그때 그 소리도 그랬다. 그 소리를 듣자마자 머리에서 생각이 튀어나왔다. 올해 계획에 전혀 없었잖

아? 올해 써야 할 원고가 얼마나 많은데 등등. 하지만 한번 시작된 소리는 그칠 줄을 몰랐다. 시도 때도 없이 들려왔다. 걸을 때도 잠잘 때도 계속 내 안에서 웅성거렸다. 또 소리는 소리를 부른다. 낭송집이려면 늘 들고 다닐 수 있어야 하니까 책 사이즈가 작아야겠고, 일단 스물여덟 권이면 좋겠어. 동양 별자리가 28수고 동청룡, 남주작, 서백호, 북현무 순서로 7개씩 돌아가니까, 거기에 맞춰서 내면 어떨까……. 책을 읽는 것과 음양오행의 리듬이 같이 간다면 아주 새로운 형식의 '독서운동'이 되지 않을까?

어느새 나는 동청룡, 남주작, 서백호, 북현무 등에 어울리는 고전들을 하나씩 떠올리고 있었다. 우리말의 보고라 할 만한 판소리계 소설을 각 파트에 배열하고 『동의보감』은 너무 방대하니까 네 파트로 나누어서 분배하면 될 것 같고, 불경과 사서삼경, 『전습록』과 『열하일기』 등등. 그때부터 더 이상 '생각'을 하지 않고 나는 그저 듣기만 했다.

그렇게 소리들이 실개천처럼 흐르다 강물에 도달할 즈음, 나는 더 이상 참지 못하고 북드라망 대표한테 전화를 했다. 솔직히 좀 '쫄았다'^^;; 이렇게 갑자기 큰 프로젝트를 들이대면 짜증낼 텐데…… 하지만 웬걸! 북드라망 대표의 답변은 간단했다. "좋아요!" 헐~ 하지만 그건 시작에 불과했다. 이 작업은 그야말로 '집합적 네트워크'가 필요하다. 남산강학원과 감이당 멤버들을 비롯하여, 문탁네트워크와 규문 등 우리의 '이웃사촌들'에게도 사발통문을 돌렸다. 답변은 한결같았다. "좋아요!" 무슨 댓글 행진도 아니고^^. 제안을 한 내가 다 더 놀랐다. 아니, 이런 "대업"을 일 년 안에 어떻게 해치우겠다는 거지? 겁도 없이! 하지만 그건 내 '생각'이었을 뿐이다. 다른 이들의 몸에서도 '소리'가 울린 것이다. '하고 싶었어', '할 수 있어'라는 소리가. 마치 오랫동안 기다려 왔다는 듯이.

『공부의 달인』이 불러온 『낭송의 달인』

『공부의 달인 호모 쿵푸스』(이하 『공부의 달인』)를 쓴 지 벌써 7년쯤 지났다. 그때도 참 뜬금없었던 것 같다. 『언어의 달인 호모 로퀜스』(윤세진), 『예술의 달인 호모 아르텍스』(채운)가 완성되었는데, 공부라는 테마가 꼭 있어야 한다는 편집자의 '강압'에 못 이

겨 갑자기 '달인시리즈'에 끼어들게 된 것이다. 엄청 투덜거리며 원고를 썼던 기억이 난다. 한데, 뜻밖에도 그 책은 내 인생의 전환점이 되었다. 글을 쓰면서 '공부란 무엇인가?'를 깊이 생각하게 되었고, 덕분에 수많은 독자를 만났다. 특히 '외계인'이라 불리는 중딩, 고딩들과 소통하게 된 것은 크나큰 행운이었다. 최근에도 한 여고생한테 메일을 받았다. 『공부의 달인』을 읽고 진짜 공부가 무엇인지 알고 싶어졌다며, 그래서 친구들하고 세미나를 조직해 다양한 책을 읽고 있다는 내용이었다. 정말 기뻤다. 소박하나마 누군가에게 출구가 될 수 있다는 것만으로도.

수년 전, 명리학을 배운 다음 내 운을 뽑아 봤더니 『공부의 달인』을 낸 그해에 대운이 바뀌었다. 대운이란 십 년 단위로 인생의 행로가 바뀐다는 명리학적 용어다. 그렇구나! 천지의 기운이 『공부의 달인』을 내게 보냈던 것이다. 그 책에서 쿵푸의 비법으로 '낭송과 구술'을 제시한 바 있다. 실제로 우리 공동체에선 다양한 방식으로 이 비법을 실험한다. 낭송 오디션이며 낭송 페스티벌 등등. 다들 그렇게 할 줄 알았다. 그런데 현장에 가면 독자들은 또 물었다. 낭송이 뭐예요? 낭송을 어떻게 해요? 소리 내서 읽으면 안 되는 거 아니에요? 등등. 그만큼 우리의 독서와 공부에는 '음소거' 현상이 두드러졌던 것이다. 공동체의 사례를 들어가며 최선을 다해 설명했지만 그래도 뭔가 미진했다. 그렇다고 낭송집을 낼 생각은 하지 않았다. 어디선가 하겠지? 누군가 하고 있겠지? 그렇게 생각했을 뿐이다. 그러다 올봄, 저 달리는 열차 속에서 한바탕 '일장춘몽'을 꾸게 된 것이다. 역시 인생만사엔 시절인연이 중요한 법이다. 결국『공부의 달인』이『낭송의 달인』을 부른 셈이다.

그럼 왜 '낭송의 달인'이 '호모 큐라스'인가? 큐라스는 케어care의 라틴어다. 푸코 강의를 듣다가 문득 떠오른 말이다.『동의보감』을 내 나름대로 재해석한 책『동의보감, 몸과 우주 그리고 삶의 비전을 찾아서』의 마지막 장에서 이미 활용한 바 있는 낱말이다. 낭송과 양생의 결합으로선 최고의 단어다(더 자세한 설명은 이 책 167쪽을 참조하시라). 양생의 핵심은 사계절과 함께 리듬을 타는 것이다. 낭송 또한 그러하다. 하여 나는 간절한 마음으로 기원한다. 모두들 고전에 담긴 소리를 통해 내가 자연 속으로, 천지가 내게로 오는 '천인감응'의 파노라마를 즐기시길! 팁으로 이 책을 쓰면서 알게 된 멋진 구절을 독자들에게 선물하고 싶다.

"텍스트는 정지된 물체에 대한 명칭이 아니라 씌어진 것과 음성, 그리고 쓰는 사람과 읽는 사람과의 동적 관계를 가리키는 명칭이 된다. 따라서 텍스트는 씌어진 것의 음성적 실현에 지나지 않으며, 낭독자의 음성 없이 씌어진 것만으로는 표현도 분배도 할 수 없게 된다."(로제 샤르티에 외 엮음, 『읽는다는 것의 역사』, 이종삼 옮김, 한국출판마케팅연구소, 2006, 79쪽)

북-인드라망

이 책은 스물여덟 권의 '낭송Q시리즈'가 있어야 비로소 완성된다. 그야말로 '북-인드라망'이다. 나의 '일장춘몽'에 맞장구쳐 준 북드라망 출판사의 친구들, 스물여덟 권의 낭송집에 참여해 준 감이당과 남산강학원, 문탁네트워크와 규문의 도반들, 그리고 낭송집 저자들의 작업에 동원되어 시도 때도 없이 텍스트를 읽어 주고 들어 준 '숨은 주역들'에게 깊은 고마움을 전한다.

덧붙이면 이제 나오게 될 스물여덟 권은 '낭송Q시
리즈'의 완결판이 아니라 서곡이다. 이 별들을 바탕
으로 무수한 별들이 탄생하게 될 것이다. 부디 별무
리가 되고 은하수가 되기를! 또 그에 상응하여 낭송
의 물결이 방방곡곡에 울려 퍼지길!

2014년 가을

햇살 가득한 깨봉빌딩 3층에서

고미숙 쓰다

1부

잃어버린
'소리'를
찾아서

1-1.
아바타 vs 인상여강

2014년 5월, 4박 5일의 일정으로 중국 윈난성雲南省엘
다녀왔다. 우리 공동체(남산강학원&감이당)에서 기
획한 '소수민족 의학기행'의 일환이었다. 명작 다큐
멘터리 <차마고도>를 통해 널리 알려졌듯이, 윈난성
은 소수민족의 집결지다. 나시족, 장족, 묘족, 모수족
등등. 소수민족은 각기 고유한 신화를 바탕으로 그에
걸맞은 의학체계를 갖추고 있다. 현대인들에겐 좀 낯
설게 들릴 테지만, 몸과 우주는 '대칭적으로' 연동되
어 있다. 즉, 자연에 대한 시각과 인간의 생로병사를
해석하는 시선이 다르지 않다. 하여, 신화와 의학은
고스란히 겹쳐진다.

　일행은 감이당 멤버들에다 현지에서 합류한 두 명
을 포함하여 모두 열 명이었다. 세월호 참사의 여파
로 다들 몸과 마음이 무거웠지만 낯설고 새로운 세

계를 만난다는 설렘 또한 적지 않았다. 윈난성은 한반도 면적의 네 배쯤 된다고 한다. 워낙 넓은 데다 일정이 빡빡하여 매일매일이 고투의 연속이었다. 그 와중에 윈난성의 명소인 리장에서 <인상여강>이라는 공연을 감상하게 되었다. 인상여강? 처음 들었을 땐 좀 생뚱맞아서 '그런 사자성어도 있나?' 싶었다. 알고 보니 간단한 말이었다. 인상은 말 그대로 '인상'印象, impression이고 '여강'麗江은 '리장'의 한자음이다. 풀이하면, '리장에 대한 인상'이란 뜻이다. 그 유명한 장이머우張藝謀 감독의 작품이다.

리장의 장관은 옥룡설산玉龍雪山: 위룽쉐산이다. 옥룡설산은 해발 5천 미터가 넘는 만년설산으로 모두 열세 개의 봉우리로 이루어져 있다. 해발 3천 미터쯤 되는 곳에 그 설산을 배경으로 노천무대를 꾸민 공연이 <인상여강>이다. 5백여 명의 배우들이 무대를 종횡으로 누비면서 70여 분간 공연을 이끌어 갔는데, 배우들은 그 지역에서 나고 자란 열한 개 소수민족의 후예들이란다. 그래서인지 작품의 스토리와 아우라 역시 '날것 그대로'였다.

문득 할리우드 대작 <아바타>가 떠올랐다. 아바타도 신화를 다룬다. 인간과 동물, 그 사이를 넘나드는 야생적 신체들을 통해 문명의 진군 앞에서 인류가 무엇을 잃어버렸는지를 다이내믹하게 그려 냈다. 그 실감을 높이기 위해 첨단 CG기술을 대대적으로 활용하고 거기에 더해 3D, 4D장치까지 마련하지 않았던가. 장이머우의 <인상여강>은 반대다. 어떤 효과나 장치 없이 인생과 자연을 '있는 그대로' 보여 준다. 시시각각 변화무쌍하게 흘러가는 옥룡설산 열세 개 봉우리만으로도 무대효과는 충분하다. 장이머우의 뚝심 혹은 소수민족의 저력을 확인할 수 있는 대목이다.

  <아바타>와 <인상여강>, 이렇듯 둘이 연출하는 차이는 여러모로 흥미롭다. 한데, 그걸 살피려면 그 전에 먼저 던져야 할 질문이 하나 있다. 할리우드건 중원이건 왜 현대인들은 이토록 야생을 찾아헤매는 것일까? 스마트폰이 모든 것을 해결해 주고, 서비스와 케어가 넘쳐나는 이 시대에. 이미지와 게임의 홍수 속에서 감각적 쾌락이 넘쳐나는 이 시대에. 왜 그 엄청난 대자본을 들여 '아바타'의 신화를 창조하고, 왜 그렇게 높은 곳까지 올라가 작열하는 태양빛을 기꺼이 감내하며 <인상여강>을 감상하는 것일까? 하긴 예능에서도 요즘은 '생고생'을 자처하는 프로그램이 대세다. <정글의 법칙>, <1박 2일>, <삼시세끼> 등등. 또 각종 채널마다 인류의 시원을 찾아가는 다큐멘터리가 넘쳐난다. 대체 왜?

1-2.
나는 신체다!—눈에서 귀로

어쩌면 질문 안에 단서가 있을지도 모르겠다. 스마트폰과 서비스의 홍수 속에서 삶이 실종되었다고 하는! 삶의 현장은 어디까지나 몸이다. 몸은 스스로 길을 열어 가기를 원한다. 기술이란 그 길을 여는 도구일 뿐인데, 어느덧 기술이 내 삶의 주인이 되고 말았다. 거기에 의존하면 할수록 존재의 무게중심은 동요한다. 동요하면서 치솟는다. 그리고 무게중심이 높아질수록 내 안의 평형수는 고갈되어 버린다. 세월호 참사에서 사무치게 깨달았듯이, 무게중심이 상승하고 평형수가 고갈되면 삶의 복원력도 사라진다. 야생을 지향하는 건 이런 징후를 무의식적으로 감지한 때문이 아닐까. 야생이란 내 안의 자연이자 존재의 평형수 같은 것이므로.

　그렇다! 문제는 몸이다. 몸은 삶의 유일한 현장이

자 무대요, 존재와 우주가 교차하는 접점이다. 몸이 없으면 삶도 없고, 이 세계도 없다! 그런데 이 자명한 진리가 언제부턴가 심각하게 결락되어 버렸다. 몸을 영혼과 육체로 나누면서, 영혼은 순수한 것이고 육체는 더럽고 모자란 것이란 이분법이 작동하기 시작한 것이다. 이와 동시에 인간과 자연도 분리되어 버렸다. 존재 따로 세계 따로!

이런 배치하에서 '나는 누구인가?'라는 질문을 던지면 어떤 일이 벌어질까? 일단 육체는 한낱 허깨비에 지나지 않는다. 당연히 육체에 대한 탐구는 생략될 수밖에 없다. 그건 병원의 검진시스템에 맡기면 그만이다. 그럼 뭐가 남는가? 영혼이라는 아주 모호한 개념이 남는다. 정신, 의식, 무의식이라고 해도 마찬가지다. 육체를 떠난 영혼? 이게 대체 뭘까? 이것을 채우는 건 과거의 기억과 미래의 환상뿐이다. 기억과 환상은 모두 이미지로 이루어져 있다. 다시 말해, 실체가 아니다. 이 허상을 부여잡고 있다 보면 '나'라는 존재는 온통 망상의 집합체가 되어 버린다.

이런 양상을 신랄하게 비판한 철학자가 있다. 니체가 그다. 그는 말한다. "나는 전적으로 신체일 뿐 그 밖의 아무것도 아니며, 영혼이란 것도 신체 속에 있는 그 어떤 것에 붙인 말에 불과하다." 비유컨대, '정신은 몸의 의지를 수행하는 손'이라는 것. 그러므로 영혼과 육체는 분리되지도 않고, 분리할 수도 없다. 고로, 나는 신체다!

자, 그럼 다시 <아바타>와 <인상여강>의 차이로 돌아가 보자. <아바타>가 눈부신 색채와 이미지로 화면을 압도한다면, <인상여강>은 소리와 진동이 주도한다. 말 달리는 소리, 아우성 소리, 북소리, 그리고 노랫소리. 전자가 눈을 사로잡는다면, 후자는 귀를 열어젖힌다. 눈이 양陽이라면 귀는 음陰이다. 다소 거칠게 표현하면, 전자가 '서양적'이라면, 후자는 '동양적'이다. 이때 서양은 '문명과 기술'에, 동양은 '자연 혹은 영성'에 조응한다. 의미상으로 보자면 두 작품은 모두 '인간과 자연의 상생'이라는 테마를 다룬다. 하지만 그 표현의 형식은 이렇게 다르다. 아하~ 이제야 알겠다. <아바타>를 보고 왜 당최 공감이 일어나지 않았는지를. 그 화려한 스펙터클에 압도되어 에콜로지라는 테마가 묻혀 버린 탓이다.

<인상여강>은 반대다. 무대장치도 없을뿐더러 등장인물들의 얼굴이 잘 보이지도 않는다. 그러니 소리에 집중할 수밖에 없다. 귀가 열리면 그때부터 내적 공명을 체험하게 된다. 그러면 무대에 압도당하지 않고 극의 호흡을 찬찬히 따라가게 된다. 그러면서 계

속 질문을 던지게 된다. 인생의 희로애락이란 무엇인가? 또 저 시시각각 흘러가는 설산의 구름은 무엇인가? 인간과 자연은 어떻게 공존하는가? 등등.

그런 점에서 존재의 무게중심은 눈이 아니라 귀, 시각이 아니라 청각이다. 하여, 존재의 평형수를 채우려면 이제 이미지가 아니라 소리에 주목해야 한다.

"우리는 눈을 통해 세상으로 나가고
세상은 귀를 통해 우리 안으로 들어온다."

(서정록, 『잃어버린 지혜, 듣기』, 샘터, 2007, 5쪽)

1-3.
소리와 팔자

허영만의 『꼴』에서 본 반전스토리 하나. 장안에 꽤 이름난 관상쟁이가 있었다. 관상이란 상相을 보고 그 운명을 점치는 술법이다. 상은 몸 전체가 다 포함되지만 그중 핵심은 단연 얼굴이다. 얼굴에는 양기가 집중되어 있다. 당연히 몸 전체에 대한 정보는 다 얼굴로 모여든다. 그래서 오랫동안 관상학이 발달해 온 것이다.

그런데 이 관상쟁이가 한창 이름을 날릴 즈음, 돌연 눈이 멀게 되었다. 천기누설의 대가였던 걸까? 상을 봐야 할 사람이 시력을 잃었으니, 이런 기막힌 일이 있나. 한데 반전이 일어났다. 소리로 운명을 점치게 된 것이다. 목소리를 들으면 그 사람의 운명이 통째로 보였다는 것. 눈을 잃은 대신 귀가 활짝 열린 것이다. 하여, 오히려 눈이 먼 이후에 더 이름을 날리게 되었다고 한다.

원리는 간단하다. 목소리는 신장에 그 뿌리가 있다. 『동의보감』의 「성음」聲音 장에 따르면, "심心은 성음의 주인이고, 폐는 성음의 문이며, 신腎은 성음의 뿌리"이다. 신장과 폐, 심장 등 주요 장기가 화음을 이루어야 소리가 나온다는 사실. 따라서 목소리는 의학적으로도 아주 중요한 진단 기준이 된다. 예컨대, "간병에는 목소리가 슬프고, 폐병에는 목소리가 급하다. 심병에는 목소리가 굳세고, 비병에는 목소리가 느리며, 신병에는 목소리가 가라앉는다. 대장병에는 목소리가 길고, 소장병에는 목소리가 짧다. 위병에는 목소리가 빠르고, 담병에는 목소리가 맑으며, 방광병에는 목소리가 약하다."(허준, 『동의보감』, 윤석희·김형준 옮김, 동의보감 출판사, 2006, 164쪽) 등등.

그러므로 목소리를 들으면 그 사람의 몸 상태를 알게 되고, 그걸 바탕으로 운세를 예측할 수 있다. 덧붙여, 그 눈먼 관상쟁이는 의뢰인의 뼈를 만진다고 한다. 소리와 뼈? 그렇다. 신장은 정精: 진액이 고도로 농축된 에센스의 원천인데, 이 정이 응축·변형되어 뼈가 되고 골수가 된다. 그래서 목소리는 곧 뼈의 상태이기도 하다. 뼈가 흐물흐물한데, 소리가 영롱하기는 불가능하다. 소리와 뼈의 긴밀한 상관관계는 현대의학에서도 이미 검증된 바 있다. 귀의 아인슈타인이라고 불리는 과학자 토마티Alfred A. Tomatis에 따르면, "발성된 소리는 입에 있지 않고, 몸에 있지도 않으며, 정확히 뼛속에 있다. 노래하는 것은 실제로 신체의 모든 뼈다."(서정록, 『잃어버린 지혜, 듣기』, 267쪽) 그러니 소리의 진동과 뼈의 밀도를 잘 관찰하면 그 사람의 운을 짐작할 수 있다. 요컨대, 소리가 곧 팔자인 셈이다.

아, 그러고 보니 고대 신화에서도 천자는 하늘의 소리를 듣는 존재라고 했다. '성인聖人'이라는 말의 한자를 보면, 듣는 귀耳와 말하는 입口이 들어 있지 않은가. 하늘의 소리를 들어 세상에 전하는 존재가 성인인 것이다. 또 하나 재밌는 예로 신라의 왕들의 호칭 가운데 이사금이란 명칭을 들 수 있다. 떡을 물었을 때 잇자국이 가장 많은 자를 왕으로 추대한 데서 유래된 명칭인데, 지금 기준으로 보면 좀 어이가 없다. 하지만 이치를 알고 보면 꽤나 그럴싸하다. 이는 '뼈의 나머지'다. 뼈와 골수를 만든 나머지로 이를 만드니 이가 튼튼하다는 건 몸 전체의 뼈들이 튼튼할뿐더러, 그 뿌리가 되는 신장의 상태가 아주 양호하다는 걸 의미한다. 치아를 오복의 하나로 친 건 이 때문이다. 신장이 튼실하면 수명도 길고 정력이 좋을 테니 자식도 풍성하게 낳을 것이다. 무엇보다 귀가 발달하여 소리를 잘 들을 것이다. 경청보다 더 중요한 리더십은 없다! 이 경청에는 '천지인'의 모든 소리가 다 포함된다. 잘 듣고 잘 전달할 수 있는 자, 그것이 곧 추장이고 왕이요 리더다. 그래서 이사금이라는 호칭이 나올 수 있었을 것이다.

그런데 우리 시대는 왜 이토록 소리에 대해 무심할까? 소리라고 하면 오디션, 뮤지컬, 관현악 무대 등 화려한 공연들만 떠올릴 뿐 정작 자신의 목소리에 대해서는 참으로 무신경하다. 이유는 간단하다. 모든 욕망과 에너지가 눈으로 쏠려 있기 때문이다. 도시는 그야말로 시각의 유토피아다. 눈부신 조명, 화려한 스펙터클, 럭셔리한 비주얼 등등. 이 시각의 유토피아는 스마트폰을 통해 전방위적으로 확산되고 있다. 그에 부응하여 사람들은 수시로 찍어 댄다. 뭘 하든 일단 촬영을 하고 본다. 맛있는 음식을 먹어도, 데이트를 할 때도, 그리고 무차별적 셀카까지. 그 결과, 모든 삶과 욕망은 시각으로 환원된다. 후각, 촉각, 청각 등 여타의 감각들은 이 시각의 하녀들일 뿐이다. 시각의 판타지를 보완해 주고, 그 쾌감을 높여 주는 한에서만 그 존재성을 부여받는다. 그러니 소리와 팔자의 이 오묘한 접점을 누가 짐작이나 할 수 있으랴.

1-4.
실어증시대

상식적인 말이지만, 스마트폰의 등장은 사람들의 신체와 동선을 바꾸어 놓았다. 사람들은 이제 손에서 스마트폰을 놓지 못한다. 맞선을 볼 때도, 걸으면서도, 심지어 잠을 잘 때도. 한번은 이런 광경을 본 적이 있었다. 충무로 근처 버스 정거장에서 두 남녀가 격하게 포옹을 하고 있었다. 쩝! 꼭 저렇게 티를 내야 하나, 하면서 흘겨보는 순간, 놀랍게도 두 연인은 상대의 등 뒤에서 각자 카톡을 하고 있었다. 맙소사! 포옹을 하면서도 스마트폰을 놓을 수가 없다니. 저 지경이면 이미 신체의 일부, 아니 전부라고 봐야 하지 않을까.

또 하나 아주 익숙한 풍경이 있다. 이어폰을 끼고 걷는 모습이 그것이다. 전철에서도, 거리에서도, 캠퍼스에서도 이런 모습은 흔하게 발견된다. 그것 자체가 하나의 스타일인 것처럼 보인다. 세련된 도시패션의 완성이라고나 할까. 아닌 게 아니라 그렇게 걷는 이들의 표정에는 왠지 모를 득의감이 느껴진다.

자, 그럼 그들의 귀에 들리는 소리는 대체 어떤 것일까? 유형별로 보면 최신 유행음악 아니면 영어회화 혹은 더러 클래식음악도 있긴 할 것이다. 뭐가 됐건 이 소리들의 주파수는 데시벨이 엄청 높다. 거의 고막을 파괴하는 수준이란다. 토마티는 그것을 '전쟁터의 포격'에 비유했다. 당연히 청력에 치명적이다. 1960년대 록음악이 등장한 이후 전 세계 청소년들의 청음 능력이 크게 저하되었다고 한다. 이젠 그것도 옛말이다. 그때는 소수의 마니아들 중심으로 워크맨이나 mp3로 듣는 수준이었지만 지금은 거의 모든 이들이 이런 환경에 노출되어 있다. 그 결과 열 살 이하의 난청환자, 보청기를 껴야 하는 청소년들이 점차 늘어나는 추세다(2014년 7월의 뉴스에 따르면 최근 5년간 10대 청소년에서 소음성 난청이 30퍼센트 가까이 증가했다고 한다). 다른 세대의 청력이야 말할 나위도 없고.

게다가 요즘 유행하는 노래들에는 가사가 거의 없다. 댄스음악이 대세다 보니 노랫말보다는 화려한 비주얼에 강한 비트가 기본이다. '내꺼 중에 최고', '내꺼 아닌 내꺼 같은 너', '내 입술이 좋아 아님 내 바디가 좋아' '빨개요' 등등. 단어 수로 따지면 불과 100단어나 될까. 한국어라 하기도 뭣한 수준이다. 심하게 말하면, 치매환자도 이보다는 많은 단어를 구사할 것 같다. 하기사 주파수가 높으니 단어가 풍부할 수가 없다. 흥분해서 목소리 톤이 올라가면 말이 제대로 나오지 않는 것과 같은 이치다. 즉, 높은 주파수와 단어의 빈곤은 서로 맞물려 있는 사항이다.

이미 확인했듯이, 귀의 매질은 신장에서 공급된다. 높은 주파수에 노출될수록 매질이 마르고, 결국 신장의 물이 고갈된다. 노랫말에 서사가 없으니 사고력을 주관하는 전두엽은 작동할 필요가 없고, 오직 쾌락중추만 자극하면 된다. 한마디로 소리를 통해 황홀경을 맛보고 싶은 것. 여기에 빠져들다 보면 외부로 향하는 창은 닫혀 버린다. 이어폰을 끼고 거리를 배회하는 순간, 바깥의 풍경들, 사람들, 사건들은 다 꿈처럼 흘러갈 뿐이다. 이 단절감이 주는 몽롱함을 즐기는 것이다. 토마티는 이런 현상을 일러 '소리-마약'이라고 했다.

그 결과 사람들은 말을 잃어버렸다. 귀와 입은 하나로 연결되어 있다. 들은 만큼 말하는 법이다. 일단 이어폰을 꽂고 다니면 타인들이 말을 건네기가 어렵다. 오는 말이 없으니 가는 말도 있을 리 없다. 그래서 인가. 우리 시대는 실어증 환자들이 아주 많다. 청소 년들과 대화를 해보면 일단 그 목소리에 놀란다. 청 춘의 패기가 느껴지기는커녕 모기 소리처럼 다 기어 들어간다. 혹은 어린애처럼 하이톤으로 앵알앵알하 는 경우도 많다. 변성기를 제대로 거치지 않은 것이 다. 성대결절이 많은 것도 그 때문이라고 한다. 한마 디로 몸은 성장을 하는데 목소리는 퇴행하고 있는 셈 이다.

어쩌다 이 지경이 되었을까? 가장 근본적인 이유 는 말을 자연스럽게 주고받는 장이 없어진 탓이다. 성장한다는 건 말을 배우는 과정이기도 하다. 골목에 서, 거리에서, 학교에서, 집에서. 하지만 우리 시대는 이 통로가 다 끊겼다. 골목은 사라졌고, 거리에는 광 장이 없고, 학교와 집에는 마당이 없다. 이벤트와 쇼 는 다 구경을 위한 것이지 쌍방향적 소통의 무대가 아니다. 하루 종일 사람들끼리 주고받는 단어도 불과 몇 개 되지 않는다. 그나마도 이젠 카톡이 대신한다. 목소리를 단련하고 '말의 맛'을 즐길 시공간이 사라 진 것이다.

참 아이러니하다. 한편으로 보면 표현과잉의 시대 다. 남녀노소를 불문하고 성형을 하고 식스팩을 만들고 다이어트를 한다. 근데, 문제는 그것이 왜 꼭 비주얼로만 향하는가이다. 인형처럼 예쁜데, 목소리가 찌질하고 말도 잘 못하면? 당연히 비호감이다. 누구도 이런 캐릭터를 좋아하지 않는다. 그런데 왜 다들 외모만 갈고닦을까? 조금만 생각해도 알 수 있듯이, 타인에게 호감을 사려면 말을 잘해야 한다. 개그맨이나 예능 MC들이 범국민적 사랑을 받는 것이 그 증거다. 이들이 잘 보여 주듯, 말을 잘한다는 의미는 구수하게, 맛깔스럽게, 유머러스하게 한다는 뜻이다. 당연히 스토리라인이 살아 있어야 한다. 그래서 호흡이 길어야 한다. 하지만 우리 시대의 화법은 정반대다. 호흡은 짧고 서사는 빈곤하다. 이를테면, '말의 길이 끊어진', 곧 '실어증을 일상적으로 앓는' 시대가 도래한 것이다.

1-5.
이명과 코골이

생물학자들에 따르면 귀는 입으로부터 진화했다고
한다. 물고기의 아가미가 우리 귀의 중이와 입속의
인두로 변이했다는 것이다. 그래서 실어증이 깊어질
수록 귀도 잘 안 들리게 된다. '가는귀'라는 말을 아시
는가? 노인이 되면 눈이 침침해지고, 그 다음엔 청력
이 떨어진다. 그걸 '가는귀 먹는다'고 한다. 잘 안 들
리니 동문서답을 하게 되고, 그래서 종종 해프닝이
벌어지곤 한다. 그런데 우리 시대에는 이게 노인의
전유물이 아니라 전 세대, 특히 청년들의 특징이 되
어 버렸다. 이미 확인했듯이, 스마트폰은 귀를 '가게'
하는 온갖 요소를 두루 갖추고 있기 때문이다.

귀가 '가기' 시작할 때 나타나는 현상 중에 하나가
이명耳鳴이다. 이명은 말 그대로 귀에서 소리가 나는
것이다. 자신한텐 엄청 크게 들리는데, 남들은 전혀

눈치조차 채지 못한다. 그래서 더 괴롭다. 이명이 자기만 들을 수 있는 소리라면, 정반대의 경우도 있다. 남들은 다 듣지만 정작 자신은 잘 모르는 소리가 그것이다. 생각해 보면 우리 몸에선 정말 많은 소리가 난다. 꾸르륵 소리, 방귀 소리, 하품 소리, 신음 소리 등등. 자율신경계를 통해 나는 소리라 본인이 통제하기도 어렵고 또 잘 알아차리지도 못한다. 그중 대표적인 것이 코골이다. 이명과 코골이에 대한 재미있는 글이 하나 있다.

어린아이가 마당에서 놀고 있는데, 귀가 갑자기 우는지라 놀라 기뻐하며 옆의 아이에게 말하였다. "얘, 너 이 소리를 들어 보아라. 내 귀가 우는구나. 피리를 부는 듯, 생황을 부는 듯, 마치 별처럼 동그랗게 들려." 옆의 아이가 귀를 맞대고 귀기울여 보았지만 아무 소리도 들리지 않았다. 그러자 이명이 난 아이는 답답해하며 소리지르며 남이 알아주지 않음을 한탄하였다.
일찍이 시골사람과 함께 자는데, 코를 드르렁 드르렁 고는 것이 게우는 소리 같기도 하고, 휘파람 소리 같기도 하고, 탄식하거나 한숨 쉬는 소리 같기도 하며, 불을 피우는 듯, 솥이 부글부글 끓는 듯,

빈 수레가 덜그덕거리는 듯하였다. 들이마실 때에는 톱을 켜는 것만 같고, 내쉴 때에는 돼지가 꽥꽥거리는 듯하였다. 남이 흔들어 깨우자 발끈 성을 내면서 말하기를 "내가 언제 코를 골았는가?" 하는 것이었다.

연암 박지원의 「공작관문고 자서」孔雀館文稿自序의 일부다. 이명의 수준(?)이 상당하다. 피리를 불고, 생황을 불고, 별처럼 동그랗다. 하지만 아무리 화려한들 남들은 들을 수 없다. 코골이는 그 반대다. 게우는 소리, 휘파람 소리, 한숨 소리, 빈수레 소리 등 시끄럽기 짝이 없다. 남들은 다 듣는다. 하지만 정작 그 당사자는 들을 수 없다. 이명은 기이하고 황홀하다면, 코골이는 거칠고 요란하다. 이명이 나만 듣는 소리라면, 코골이는 남들만 듣는 소리다. 나만 듣거나, 남들만 듣거나!

연암은 말한다. "아아! 자기가 혼자 아는 것은 언제나 남이 알아주지 않아 걱정이고, 자기가 미처 깨닫지 못하는 것은 남이 먼저 앎을 미워한다. 어찌 코와 귀에만 이 같은 병통이 있겠는가." 연암은 문장론을 위해 이명과 코골이의 비유를 활용했지만 비단 문장뿐이랴. 말과 소리의 경우에도 그대로 적용된다.

이명이 독백이라면 코골이는 일종의 욕설이다. 이명은 환상적이지만 아무도 공감하지 못한다. 욕설은 남들에겐 치명적인데 정작 당사자는 알아차리지 못한다. 한 국립대학 교수에게 들은 말이다. 신입생인지 아닌지를 눈치챌 수 있는 기준이 있다는 것이다. 다름 아닌 욕설이다. 말 중에서 욕이 50~60퍼센트를 차지하면 아직 신입생이란다. 한 학기 정도 지나면 퍼센트가 조금씩 내려간다나. 남학생이 아니라 여학생에 대한 이야기다. 그런데 정작 본인들은 그 말이 얼마나 지독한 욕설인지를 잘 모른다. 그냥 무의식적으로 튀어나오는 후렴구나 감탄사 정도로 여기는 것이다. 코골이와 다를 바 없다.

연암은 말한다. "이명은 병인데도 남이 알아주지 않는다고 안타까워하니 하물며 병이 아닌 경우에야 말할 나위가 있으랴. 코골이는 병이 아닌데도 남이 흔들어 깨우면 버럭 성을 내니, 하물며 병인 경우에야 말할 나위가 있겠는가!" 이 문장에 코골이 대신 욕설을 집어넣으면 딱이다. 연암의 결론은? "이명을 듣지 않고 내 코골이를 깨닫는다면 작가의 뜻에 거의 가까워질 것이다." 그렇다. 이명이 들리지 않고, 욕설을 멈추면 된다. 그때 비로소 타자와의 소통이 가능해진다.

바야흐로 '불통의 시대'다. 남녀노소, 상하좌우 다들 소통이 안 된다고 아우성이다. 한편으로 사람들이 자기의 말을 들어주지 않는다고, 다른 한편으론 왜 나만 당해야 하냐며 한탄과 원망을 퍼부어 댄다. 이명과 코골이의 변주다. 이것은 비단 도덕적, 제도적 차원의 문제가 아니다. 친절과 배려, 복지 시스템 등으로 해결될 사항이 아니라는 것이다. 더 근원적으로 신체의 문제이자 소리의 문제다. 귀가 잘 안 들리면 신장이 약해지고, 신장의 수水기가 부족해지면 이명이 들린다. 일종의 '물 부족 현상'인 셈이다. 한데 이명에 시달리다 보면 가슴이 갑갑해지고 타인들이 건네는 말의 맥락이 바로바로 파악되지 않는다. 해서 두 번 세 번 묻게 되거나 오해를 하게 되고 그러다 보면 폭발해 버린다. 욕설이나 폭언이 나오는 것이다. 하지만 자신은 그 사실을 잘 알아차리지 못한다. 왜? '가는귀'가 먹었기 때문이다. 남의 말을 듣지 못하면 자신이 내는 소리도 정확히 듣지 못하는 법이다.

그러므로 이명이 그치고 폭언을 멈출 때, 그때 비로소 귀가 열리고 말문이 터질 것이다. 귀와 입이 서로 연결되면 타자와의 소통도 그렇게 어렵지 않을 것이다.

1-6.
귀동냥과 말잔치 — 쿵푸 온 더 로드!

아이들은 목소리와 귀를 기울여 들어 주는 귀를 필
요로 한다. (……) 마을 사람들은 아이들의 삶에서
어떤 일들이 일어나는지 안다. 그들에게 비밀이란
없다. 마을은 그들의 귀가 되어 주고, 그들의 목소
리를 들어 주며, 그들이 진실을 말하도록 격려해
주기 위해 늘 그곳에 있는 것이다.
만일 아이들에게 배출구가 없으면, 그들의 이야기
를 들어 줄 사람이 없으면, 아이들은 입을 꼭 다물
고 있게 되고, 그들의 재능은 썩는다. 그러므로 만
일 우리가 아이들이 말을 하도록, 그래서 그들의
가슴을 열도록 격려하지 않는다면, 아이들은 자신
의 목소리를 발산할 다른 방법을 배울 것이고, 이
에너지는 그들을 파괴할 것이다. 아이들은 말함으
로써 자유로워진다. 그것은 그들 내부의 독소를 방

출하고 새로운 에너지가 들어오게 해준다. 그러나 말을 하지 않을 때, 아이들의 생각과 감정과 경험은 내부에 머물게 되고, 그들의 삶을 오염시킨다. (……)

노래하고, 춤추고, 음악을 연주하는 것은 아이의 영혼과 목소리를 해방시켜 주는 좋은 방법이다. 그러나 가장 중요한 것은 당신의 아이가 말하도록 귀를 기울여 주고 격려하는 것이다.(서정록, 『잃어버린 지혜, 듣기』, 130~132쪽)

북미 인디언의 지혜다. 지혜라고 하지만 특별할 것도 신비할 것도 없다. 듣고 말하고가 전부다. 우리 식으로 표현하면 귀동냥과 말잔치, 단지 그것뿐이다. '발산되지 않는 말은 독소가 되고 그 에너지는 그들을 파괴할 것이다'는 대목을 꼭! 환기하기 바란다. 우리 시대가 앓는 수많은 질병과 폭력도 그 원천이 '소리의 억압', '말의 단절'에 있는 게 아닌가 싶어서다. 만약 그렇다면, 우리도 저 인디언들처럼 다시금 귀동냥과 말잔치의 기술을 적극 활용해야 하지 않을까.

그래서 떠오르는 고전의 인물들이 있다. 먼저, 『돈키호테』. 서구에서 성경 다음으로 많이 읽혔다는 이 작품은 그야말로 '말의 향연'이다. 먼저 돈키호테의 시종 산초 판사가 펼치는 속담의 퍼레이드가 있다. '죽은 사람은 무덤으로, 산 사람은 빵집으로', '욕심이 자루를 찢는다', '송곳에 뒷발질하기', '재앙은 재앙을 부르는 놈에게 간다' '힘으로 뺏을 수 있는 것을 좋은 말로 하지 마라' 등등. 산초에겐 속담이 지식의 원천이요, 지혜의 샘물이며, 삶의 원동력이다. 속담에 살고 속담에 죽는 산초.

한편 돈키호테의 연설은 기사도의 이상에 근거하고 있다.

"나는 하늘의 뜻으로, 이 무쇠의 시대에 황금의 시대를, 말하자면 황금세기를 부활시키려고 태어난 사람이니라. 내 앞에는 모든 위험과 위대한 공적과 용감한 행적이 기다릴 뿐이다. 나는, 다시 말하지만, 원탁의 기사 시대를 부활시킬 것이며, 프랑스의 열두 기사, 세계에 이름난 아홉 기사를 능가하는 기사가 되리라. (……) 내가 태어난 이 시대에 가장 위대하고 신기하고 훌륭한 무공을 세워 지난 세기에 찬란했던 그들의 행적과 영광을 어둠속에 잠들게 하겠노라."(미겔 데 세르반테스, 『돈끼호떼』 1, 민용태 옮김, 창비, 2012, 260쪽)

장중한 어조에 화려한 수사학을 자랑한다. 하지만 그럴수록 돈키호테는 더더욱 '또라이' 취급을 당한다. 세상의 흐름과 어긋나도 한참 어긋난 까닭이다. 이런 말은 일종의 '이명'에 해당한다(아닌 게 아니라 돈키호테의 골수는 다 말라 버린 상태다. 골수를 주관하는 장기가 바로 신장이다. 돈키호테는 체질적으로 신장이 아주 허약한 인물이다). 여기서 알 수 있듯이, 말을 잘한다는 게 폼나고 고상한 화법을 구사하는 걸 뜻하는 건 아니다. 얼마나 시대와 조응하는가, 일상에 유용한가, 생각에 일치하는가 등이 그 말의 가치를 결정하는 법이다.

돈키호테와 산초, 둘의 화법은 이렇듯 극단적으로 대조된다. 이 둘의 교차 자체가 『돈키호테』를 불후의 명작으로 만든다. 서로 다른 화법들이 교차할 때 소통이 시작된다. 그리고 소통은 상생상극의 파노라마다. 같은 어조로, 같은 견해를 가진 사람끼리 하는 건 소통이라 하기 어렵다. 동일성의 반복이기 때문이다. 서로 다르지만 뒤섞일 수 있는 것, 이것이 진정한 소통이다. 연암식으로 말하면, 서로의 이명을 감지하면서 상대방의 코골이를 일깨워 줄 수 있어야 한다.

그래서 길 위에 나서야 한다. 길은 사건사고의 현장이다. 동시에 수많은 이야기가 탄생되는 무대이기도 하다. 고전의 주인공들이 거의 모두 길 위를 떠도는 이유가 여기에 있다. 길 위에 있어야 낯선 사람, 새로운 환경을 만나고 또 싱싱한 말들과 충돌할 수 있다. 그것이 사건이고 곧 삶이다.

해서 길을 가려면 누구든 먼저 귀를 열어야 한다. 아니, 저절로 귀가 열린다. 호기심의 발로이기도 하지만 살아남기 위해서라도 그렇게 해야 한다. 낯선 곳엘 가면 어떻게든 말을 알아들으려고 기를 쓰지 않는가. 귀동냥의 기술을 터득하게 되는 것이다. 단지 말을 알아듣는 것뿐 아니라 미묘한 뉘앙스, 독특한 어조, 몸짓과 표정 등에도 다 귀를 쫑긋한다. 듣고 또 듣고…… 그러다 보면 저절로 말들이 '헤쳐모여' 하면서 생각지도 못한 스토리가 만들어진다. 그것을 나의 목소리로 전달하기만 하면 된다. 테크닉이나 잔재주도 필요없다. 내 몸을 통과하면서 모든 소리는 변주된다. 이것이 말의 향연, 곧 말잔치다.

길 위에서 온갖 사고를 치다 보니 돈키호테와 산초는 서로의 화법이 뒤섞이기 시작한다. 2권에 가면 돈키호테는 자기도 모르게 속담을 구사하고, 산초는 속담을 넘어 지혜를 설파하기 시작한다. 예컨대, 이런 식이다.

"세상사도 연극과 다를 바 없어. 세상사에서도 어떤 사람은 황제 역할을 하고, 다른 사람은 교황을 하잖나. 연극 하나에 나올 수 있는 모든 인물상이 있지. 그러나 종말에 가면, 생명이 끝나는 순간에는 모든 사람에게 똑같이 죽음이 와서 그 사람들을 구분하던 의상을 벗기고 무덤 속에 똑같이 눕게 하지."

"참 멋진 비유입니다. (……) 저도 여러 번 많이 들어본 적이 있는 말이어서 크게 새롭지는 않사오나, 그게 장기놀이 같은 거지요. 장기를 두는 동안은 말마다 각기 자기 길, 자기 일이 있지만 일단 장기가 끝나면 모든 말을 섞고 합치고 흔들어 한 자루에 집어넣지 않습니까. 이건 꼭 인생이 무덤에 들어가는 것과 똑같지요."

"산초, 날이 갈수록 자네는 바보 같은 데가 줄고 사려 깊어지는구먼."

"나리의 사려 깊음에 감화되어서 그런 모양입니다요. (……) 원래 메마른 불모의 땅이라도 자꾸 거름을 주고 가꾸면 좋은 결실을 맺지요. 나리와의 대화가 저의 메마른 지혜의 땅에 뿌려진 거름이었습니다. 오랫동안 나리를 모시고 접촉한 기간이 교육을 받는 시간이었습죠."(미겔 데 세르반테스, 『돈끼호떼』 2, 민용태 옮김, 창비, 2012, 156~157쪽)

이 대화만 놓고 보면 돈키호테는 '유식한 또라이'가 아니고 산초는 '무식한 수다쟁이'가 아니다. 동문서답하면서 서로를 '갈구는' 관계도 아니다. 이 순간만은 인생과 죽음에 대한 지혜를 주고받는 멋진 파트너이자 도반이다. 귀와 입, 말과 소리가 길을 연 덕분이다.

『서유기』의 주인공인 손오공도 그렇다. 초반엔 욕설과 협박, 분노로 가득 찬 개망나니였던 그가 십만팔천 리의 대장정을 마칠 즈음, 전혀 다른 언어를 구사하기 시작한다.

가장 인상적인 대목. 삼장법사가 서천에 도달하여 마침내 몸의 태를 벗고 해탈의 경지에 오른다. 그러자 삼장법사는 세 제자에게 깊은 감사를 표한다. 손오공의 답변이 아주 근사하다. "사부님이나 저희나 모두 감사할 필요 없습니다. 서로가 모두 돕고 의지한 것이니까요. 저희들은 사부님 덕분에 해탈하고, 불문을 통해 공을 닦아 다행히 정과를 이루게 되었습니다. 사부님께서도 저희들의 보호를 받아 불법의 가르침을 지켜 다행히 세속의 태를 벗게 되셨습니다." (오승은, 『서유기』 10, 서울대학교 서유기번역연구회 옮김, 솔, 2004, 212쪽) 오호, 이렇게 대견할 수가!

산초 판사건 손오공이건 문자도 모를뿐더러 책이

라곤 읽은 적이 없다. 하지만 길을 가는 행위 그 자체가 공부요 글이다. 말이고 이야기다. 그래서 글과 삶, 앎과 신체는 분리되지 않는다. 즉, 공부는 쿵푸다. 쿵푸 온 더 로드! 핵심은 역시 소리요 청각이다. 우리 시대가 불통이 된 건 이 소리를 잃어버린 탓이다. 이 소리가 곧 신체의 평형수이자 존재의 무게중심이다.

서두에서 밝힌 것처럼, 그래서 지금도 그렇게 많은 사람들이 국경을 넘고 저 머나먼 오지를 향해 떠나는 것이 아닐까. 이들이 그토록 갈망하는 야생이란 결국 오랫동안 침묵, 봉쇄되었던 말과 소리의 복원, 이야기와 서사의 탄생, 그것이 아닐까.

2부

로고스는
소리다!

2-1.
'호곡장'—'소리'와 함께 길이 열리고

소리에 관한 워밍업 하나. 연암 박지원의 『열하일기』
에 나오는 장면이다. 1780년 6월 24일 압록강을 건너
고, 연암은 마침내 요동벌판에 들어선다. 7월 8일, 삼
류하를 건너 냉정冷井에서 아침을 먹고 10리 남짓 가
서 산모롱이를 막 벗어났을 때였다. 눈빛이 어른거리
면서 갑자기 검은 공이 오르락내리락 한다. 오호! 눈
앞에 하늘과 땅만이 우주를 가르는 아득한 공간이 펼
쳐졌다.

　나는 오늘에야 알았다. 인생이란 본시 어디에도 의
　탁할 곳 없이 다만 하늘을 이고 땅을 밟은 채 떠도
　는 존재일 뿐이라는 사실을. 말을 세우고 사방을 돌
　아보다가, 나도 모르는 사이에 손을 들어 이마에 얹
　고 이렇게 외쳤다.

"훌륭한 울음터로다! 크게 한번 울어볼 만하구나!"

정진사가 묻는다.

"하늘과 땅 사이의 툭 트인 경계를 보고 별안간 통곡을 생각하시다니, 무슨 말씀이신지?"

"그렇지, 그렇구 말구! 아니지, 아니고 말고. 천고의 영웅은 울기를 잘했고, 천하의 미인은 눈물이 많았다네. 하지만 그들은 몇 줄기 소리 없는 눈물을 옷깃에 떨굴 정도였기에, 그들의 울음 소리가 천지에 가득 차서 쇠나 돌에서 나오는 듯했다는 말은 들어본 적이 없다네. 사람들은 다만 칠정七情: 희로애락애오욕 가운데서 오직 슬플 때만 우는 줄로 알 뿐, 칠정 모두가 울음을 자아낸다는 것은 모르지. 기쁨〔희喜〕이 사무쳐도 울게 되고, 노여움〔노怒〕이 사무쳐도 울게 되고, 즐거움〔락樂〕이 사무쳐도 울게 되고, 사랑함〔애愛〕이 사무쳐도 울게 되고, 미움〔오惡〕이 사무쳐도 울게 되고, 욕심〔욕欲〕이 사무쳐도 울게 되는 것이야."[박지원, 『세계 최고의 여행기, 열하일기』 (상), 고미숙·길진숙·김풍기 엮어 옮김, 북드라망, 2013, 138~139쪽]

이게 바로 그 유명한 '호곡장'好哭場이다. 호곡장? '통곡하기 좋은 곳'이라는 뜻이다. 언뜻 모순처럼 들린다. 허나, 연암의 논리는 치밀하고 경쾌하다. 희로애락애오욕, 칠정七情이 모두 지극한 경지에 이르면 소리가 터져나온다는 것. 왜 그런가? 울음은 천지의 우레와 같은 것이다. 그러니 답답한 걸 풀어 버리는 데는 소리보다 더 효과가 빠른 것이 없다. 지극한 정이 발현되어 나오는 것이 이치에 딱 맞는다면 그때의 울음은 웃음이나 다를 바 없다. 기쁨과 슬픔의 경계를 훌쩍 뛰어넘는 소리, 그것이 곧 통곡이다.

하지만 그동안 온갖 통념에 젖어서, 또 변방 조선의 협소함에 갇혀서 이 소리를 참고 누르다 보니 천지 사이에 서리고 엉겨 버렸다는 것. 한데, 바야흐로 하늘과 땅이 서로 맞붙은 요동벌판에 들어서니 그 억눌린 소리를 한바탕 풀어 볼 수 있겠다는 것이다.

이 소리와 더불어 이제 길이 열릴 것이다. 중원을 가로질러 저 머나먼 이국의 땅 열하로 가는 길이.

2-2.
탄생은 소리다!

정진사가 다시 물었다. "이제 이 울음터가 저토록 넓으니, 나도 의당 선생과 함께 한번 통곡을 해야 되겠습니다그려. 그런데 통곡하는 까닭을 칠정 중에서 고른다면 어디에 해당할까요?" 연암은 답한다.

"그건 갓난아기에게 물어봐야 될 것이네. 그 애가 처음 태어났을 때 느낀 것이 무슨 정인지. 그 애는 먼저 해와 달을 보고, 다음으로는 눈앞에 가득한 부모와 친척들을 보니 그 얼마나 기쁘겠는가. 이 같은 기쁨이 늙을 때까지 변함이 없다면, 본래 슬퍼하고 노여워할 이치가 전혀 없이 즐겁게 웃기만 해야 마땅한 것 아니겠나. 그런데 도리어 분노하고 한스러워하는 감정이 가슴속에 가득하여 끝없이 울부짖기만 한단 말이야. 그래서 사람들은 이렇게 말하곤 하지. 삶이란 성인이든 우매한 백성이든 누구나 죽게 마련이고, 또 살아가는 동안에도 온갖 근심 걱정을 두루 겪어야 하기 때문에 세상에 태어난 것을 후회하여 먼저 스스로 울음을 터뜨려서 자기 자신을 조문하는 것이라고.

하지만 갓난아기의 본래 정이란 결코 그런 것이 아니야. 어머니 뱃속에 있을 때에는 캄캄하고 막혀서 갑갑하게 지내다가, 하루 아침에 갑자기 탁 트이고 훤한 곳으로 나와서 손도 펴 보고 발도 펴 보니 마음이 참으로 시원했겠지. 어찌 참된 소리를 내어 자기 마음을 한 번 펼치지 않을 수 있겠는가. 그러니 우리는 저 갓난아기의 꾸밈없는 소리를 본받아서, 비로봉 꼭대기에 올라가 동해를 바라보면서 한바탕 울어볼 만하고, 장연長淵: 황해도의 고을 이름의 금모래밭을 거닐면서 한바탕 울어볼 만하이."(박지원, 『세계 최고의 여행기, 열하일기』(상), 140쪽)

사람은 태어나자마자 왜 우는가? 슬퍼서 우는 것도 아니고, 두려워서 우는 것도 아니다. 앞으로 겪을 인생살이를 미리 염려해서 우는 건 더더욱 아니다. 엄마 뱃속은 선천의 세계다. 탯줄로 엄마의 몸과 연결되어 있다. 지극히 안락하지만 사지를 웅크리고 있어야 한다. 태어난다는 건 그런 선천의 바다를 떠나 후천의 대지로 건너오는 것이다. 후천은 상극의 매트 릭스다. 상생의 안락함을 벗어나 상극의 고난을 기꺼 이 선택하는 것, 그것이 인생이다.

제왕절개야 그럴 수 없겠지만, 자연분만을 할 경 우, 좁은 산도를 통과하기 위해 태아는 기를 쓰고 몸 부림을 쳐야 했다. 그런 고투 끝에 마침내 세상에 왔 을 때, 갓난아기의 마음은 어떨까? 천지가 이토록 넓 다니! 오, 경이로워라! 하지 않을까? 그걸 표현할 수 있는 길은 오직 소리뿐이다. 그래서 운다! 갓난아기 는 목소리와 눈물로 우는 것이 아니라 몸 전체로 운 다. 주먹을 쥐고 발을 구르지 않는가. 몸을 하나의 '울 림통'으로 쓰는 것이다. 탄생의 환희를 증명할 수 있 는 방법은 오직 그것뿐이므로.

생물학적 이치도 그러하다. 태아는 처음 소리를 통 해 세상을 만난다. "귀는 자궁 속에 거꾸로 있는 태아 와 매우 닮았다. 실제로 귀에 침을 놓는 자리를 보면 자궁 속에 거꾸로 있는 태아의 머리와 장기의 위치와 정확히 일치한다."(서정록, 『잃어버린 지혜, 듣기』, 39쪽) 토마티 에 의하면, 4~5개월된 태아는 소리와 음악의 자극에 반응한다. 즉, 태아의 의식의 중추를 이루는 것은 눈 이 아니라 귀다. 귀를 통해 엄마의 심장박동 소리를 듣고 엄마가 말해 주는 이야기를 듣는다. 태아에게 세상은 소리와 진동이다. 그러니 탄생하자마자 크게 울어 젖힐 수밖에. 소리로 세상과 마주쳤으니 자신도 소리로 화답하는 것이다. 고로, 탄생은 소리다! 연암이 갓난아기의 울음소리에 주목한 이유도 거기에 있다. 요컨대, 변방 선비와 광활한 중원과의 마주침도, 생명과 우주의 뜨거운 교감도, 다 소리로 표현된다. 그래서 '호곡장'이다.

'이명과 코골이' 대목에서도 확인했듯이, 연암은 소리의 철학자다. 이 '호곡장'도 그렇지만, 야삼경夜三更: 밤 11시에서 새벽 1시 사이에 고북구 장성을 넘은 뒤, 하룻밤에 아홉 번 강을 건너는 장면이 담긴 「일야구도하기」一夜九渡河記에는 온갖 종류의 물소리가 범람한다. 한번 소리 내어 읽어보시라.

깊은 소나무 숲이 퉁소 소리를 내는 듯한 건 청아한 마음으로 들은 탓이요, 산이 갈라지고 언덕이 무너지는 듯한 건 성난 마음으로 들은 탓이요, 개구리떼가 다투어 우는 듯한 건 교만한 마음으로 들은 탓이다. 만 개의 축筑이 번갈아 소리를 내는 듯한 건 분노한 마음으로 들은 탓이요, 천둥과 우레가 마구 쳐대는 듯한 건 놀란 마음으로 들은 탓이요, 찻물이 보글보글 끓는 듯한 건 흥취 있는 마음으로 들은 탓이요, 거문고가 우조羽調로 울리는 듯한 건 슬픈 마음으로 들은 탓이요, 한지를 바른 창에 바람이 우는 듯한 건 의심하는 마음으로 들은 탓이다. 이는 모두 바른 마음으로 듣지 못하고 이미 가슴속에 자신이 만들어 놓은 소리를 가지고 귀로 들은 것일 뿐이다.(박지원, 『세계 최고의 여행기, 열하일기』(하), 고미숙·길진숙·김풍기 엮어 옮김, 북드라망, 2013, 184쪽)

소리와 마음에 관한 최고의 수사학이자 통찰이다. 이 정도로 소리를 분별할 수 있다면 이 사람은 청각은 물론 신장도 튼실할 게다. 맞다. 연암은 태생적으로 수水기운이 충만한 인물이다. 수가 곧 신장이고 신장이 곧 청력이다. 그의 글에 흐르는 유머와 역설 또한 물의 기운과 무관하지 않다.(자세한 내용은 고미숙, 『두개의 별, 두개의 지도: 다산과 연암 라이벌평전 1탄』 참조)

2-3.
소리와 파동 — 존재의 '평형수'

소리와 파동에 대한 인류학적 탐구 하나. 2014년 4월 16일, 이날은 대한민국의 21세기가 시작된 날로 기억될 것이다. 20세기를 지배한 모든 척도가 산산히 부서진 날이기 때문이다. 진도 앞바다에서 세월호가 침몰되었다. 아이러니하게도 배 이름이 '세월'이다. 배와 함께 우리들의 '세월' 혹은 시대도 침몰했다는 뜻인가. 3백여 명의 희생자가 나왔고, 그중 대다수가 안산에서 제주도로 수학여행을 가던 고등학생들이었다. 꽃잎처럼 바다 속으로 스러져 간 청춘들! 온나라가 통곡의 매트릭스에 빠져 버렸다.

사람들을 절망시킨 건 희생자들의 숫자와 나이만이 아니었다. 세월호는 국내 여객선 중 가장 큰 규모에 속한 배였다. 그런 배가 침몰했다니, 처음 소식을 들었을 땐 당연히 자연재해 때문일 거라 생각했다.

하지만 아니었다. 기상이변이라면 그 전날 안개가 심하게 끼었던 것이 전부다. 그 때문에 많은 배들이 출항을 포기했지만 세월호는 그 짙은 안개를 헤치고 기어코 바다로 나갔다. 왜? 크고 강하니까. 안개쯤이야 얼마든지 극복할 수 있어, 이렇게 생각했을 것이다. 또 출항을 포기하면 많은 손해를 감수해야 한다. 그건 어떤 자연재해보다 더 끔찍한 일이었다. 탐욕은 무지를, 무지는 객기를 낳는다. 일단 나가고 보자, 어떻게든 되겠지, 이런 속셈이었으리라. 시야는 흐렸지만 바다는 평온했다. 풍랑도 없었고, 암초도 없었다. 한마디로 어떤 장애물도 없었다. 그런데, 그런데도 세월호는 침몰했다.

이것도 억장이 무너지지만 더 기막힌 건 침몰 직후다. 그때까지만 해도 다들 믿는 구석이 있었다. 우리나라는 첨단의 디지털 문명을 자랑하는 나라 아닌가. 빛의 속도로 움직일 수 있고 전국 어디든 터지는 광대역 전파를 가지고 있다(고 쉬지 않고 광고를 해댄다). 또 해양수산부와 해경, 안전행정부, 민간업체 등등 재난을 담당하는 기관과 시스템도 엄청나다. 금방 구해 내겠지, 해일이 일어난 것도 아닌데, 미사일을 맞은 것도 아닌데. 많은 이들이 이렇게 생각했다. 하지만, 아무것도 작동하지 않았다. 첨단장치고 재난시

스톱이고 올스톱이었다. 구조를 지휘해야 했던 선장과 항해사들이 한 행동은 "가만히 있으라"는 방송뿐! 그래서 승객들은 가만히 있었고, 결과는 우리가 겪은 바대로다.

대체 어디서부터 잘못된 것일까? 헤아릴 수 없이 많은 요인들이 있겠지만, 사고의 원인 자체는 지극히 간단하다. 과적이 참사를 불렀다. 화물을 더 많이 싣기 위해 평형수를 덜어 낸 것이다. 그와 더불어 배의 무게중심은 위로 올라갔고, 그래서 이미 출항 때부터 배는 흔들리기 시작했다. 몇몇 승객들은 그 전날부터 배의 상태가 심상치 않다는 걸 감지했다고 한다. 결국 그렇게 흔들리면서 하룻밤을 버티고 다음날 아침 진도 해역에서의 급격한 변침과 함께 순식간에 침몰해 버린 것이다.

그 순간 20세기 이래 근대문명을 이끌어 온 신앙도 함께 침몰했다. 근대인은 속도와 크기를 믿는다. 크고 빠른 것은 안전하다고 생각하는 것이다. 하지만 세월호는 크고 빠르기 때문에 침몰했고, 배 안의 승객들은 배 바깥의 풍경을 알 수 없었기에―배가 너무 컸으므로―가만히 있으라는 명령에 따를 수밖에 없었다. 우리가 그랬듯이 아마 희생자들도 마지막 순간까지 믿었을 것이다. 설마 세월호같이 큰 배가 이렇게 무력하게 침몰하지는 않을 거라고. 또 우리나라 같은 첨단 국가가 국민의 생명을 이렇게 무참하게 방치하진 않을 거라고.

크고 강하고 빠른 것에 대한 신앙, 이것이 지난 100년간 우리를 지배해 왔다. 시각이 다른 감각을 모조리 먹어 치운 탓이다. 무엇보다 청각의 소외가 극심해졌다. 현란한 스펙터클을 좇느라 그것이 초래하는 균열음은 듣지 못했다. 존재의 깊숙한 데서 울리는 소리는 더더욱 들으려 하지 않았다. 그 결과 안과 밖의 소리에 모두 무감각해졌다. 소리는 파동이고 이 파동의 진원지는 신장의 물이다. 청각의 소외와 더불어 우리 존재의 평형수도 고갈되어 갔다. 시인들이 낸 합동 추모시집의 시구처럼, "우리 모두가 세월호"였다.

그렇다. 소리와 파동은 존재의 평형수다. 실제로 내이內耳에 있는 전정과 세 개의 반고리관은 평형감각을 담당한다. 이 부분이 손상되면 몸의 균형이 깨져서 수시로 넘어지게 된다. 몸이 휘청했다가 다시 제자리로 돌아오는 복원력도 여기서 비롯한다. 더 나아가 인간이 직립보행을 하게 된 원천도 거기에 있다. 다시 말해 청각이 제대로 작동해야 중심을 잡고 서 있을 수 있다는 것. 걷는 것도, 뛰는 것도 마찬가지다. 시각과 빛을 좇아 달리다 보면 몸은 휘청거리게 된다. 반대로 귀가 살아 있으면 아무리 위태로운 상황에서도 중심을 잡을 수 있다. 귀가 늘 열려 있는 것도 그래서라고 한다. 눈은 감을 수 있지만, 귀는 잠들었을 때도, 기절했을 때도, 심지어 죽음에 이르러서도 닫히지 않는다. 존재의 안과 밖을 연결해 주는 문이자 통로이기 때문이다.

세월호 참사의 미스터리는 여전히 풀리지 않고 있다. 풀리기는커녕 세월이 갈수록 더더욱 깊은 미궁에 빠질 것 같은 느낌이다. 하지만 분명한 건 이제 결코 4월 16일 이전으로 돌아갈 수는 없다는 사실이다. 문명과 바다, 삶과 죽음, 화폐와 종교 등을 보는 우리의 시선을 온통 뒤엎었기 때문이다. 2014년 4월 16일이 21세기가 시작된 연대기로 기억될 것이라는 서두의 명제는 바로 이런 맥락이다.

2-4.
나는 동요한다, 고로 존재한다!

소리에 대한 천문학적 탐색 하나. 『서유기』는 구법과 모험의 판타지다. 일행은 삼장법사와 세 제자들(손오공, 저팔계, 사오정). 목적지는 서천. 총 거리는 십만 팔천 리약 42,415㎞. 시간적으로 따지면 14년. 그냥 멀기만 한 것이 아니라, 가는 곳마다 요괴들이 등장하여 온갖 고난을 다 겪어야 한다. 고난의 총량은 81난難! 산전수전 공중진까지 다 거친 후, 마침내 삼장법사 일행은 서천에 당도했다. 석가여래를 알현하고 우여곡절 끝에 경전을 얻어 다시 귀경길에 오른다. 대단원의 막이 내리는가 싶었더니 웬걸! 총감독격인 관음보살이 재난 장부를 검토하더니 아직 하나가 부족하다며 기어코 81난을 채워야 한단다. 헐~

　마지막 재난은 통천하通天河에서 맞이한다. 통천하를 건너다 자라가 일행을 물에 빠뜨려 버린다. 덕분

에 경전이 몽땅 물에 젖었다. 일행은 경전을 높은 벼
랑 위로 옮겨 놓고 햇볕에 말렸다. 하지만 『불본행경』
佛本行經 몇 권이 바위에 들러붙어 끝부분이 찢겨 버렸
다. 14년의 고난 끝에 얻은 경전이 찢어졌으니 얼마
나 안타까울까. 삼장법사는 탄식한다. "내가 태만해
서 조심히 돌보지 않은 탓이구나!"

   하지만 손오공의 생각은 달랐다. "그게 아닙니다,
그게 아니에요. 하늘과 땅이 온전하지 않은데, 이 경
전은 원래 온전했기 때문에 이제 바위에 붙어 찢긴
것입니다. 바로 불완전한 것에 대응하는 오묘한 뜻
이 깃든 일이니, 어찌 사람의 힘으로 관여할 수 있겠
습니까?"(오승은, 『서유기』 10, 251쪽) 오호, 그 사고뭉치였던
손오공의 입에서 이런 말이 술술 나오다니. 역시 깨
달음의 힘은 대단하다!

   그런데 천지가 불완전하다구? 그렇다! 중국신화
에 따르면 하늘은 서북으로 기울고 땅은 동남으로 내
려앉았다. 오래전 사람들이 하늘과 땅을 관찰하면
서 터득하게 된 진리다. 과학적으로도 그렇다. 지구
의 자전축은 23.5도 기울어져 있다. 지구는 자전하면
서 공전한다. 기우뚱한 채로 매일같이 돌면서 동시에
또 황도를 따라 돌려니, 정말 지구도 돌아 버릴 지경
일 게다^^. 그럼 지구가 그렇게 돌고 있는 태양은 어

떤가. 태양의 처지도 크게 다르지 않다. 태양이 걸어가는 길을 황도라 한다. 그런데 이 황도 역시 삐뚤삐뚤하다. 그래서 일 년의 주기가 정확하게 맞지가 않는 것이다. 그럼 태양계를 넘어 은하계는 어떤가? 우주는 1천억 개의 은하계로 이루어져 있는데, 이 우주는 열심히 팽창 중이다. 언젠가 폭발하여 다시 빅뱅 이전으로 돌아갈 것이다. 요컨대 우리가 살아가는 이 우주는 쉬지 않고 움직이면서 끊임없이 차이를 만들어 낸다.

그에 상응하여 우리의 몸도 심장(불)과 신장(물)이 약간 어긋나 있다. 그래서 양생술의 대전제인 '수승화강'水昇火降: 차가운 기운은 올라가게 하고 뜨거운 기운은 내려가게 해야 건강을 유지할 수 있다는 한의학 원리의 하나을 이루기가 쉽지 않다. 이럴 경우, 대개는 물이 부족하고 불이 치성해진다. 평형수를 채워야 하는 이유가 여기에 있다. 잠깐 방심하는 사이 무게중심은 치솟고 존재는 휘청거리게 된다. 이 틈 사이로 모든 질병과 번뇌가 산출된다. 하여, 인간은 평생 미혹되고 방황할 수밖에 없다. 결국 인생이란 무질서의 우주를, 흔들리는 몸으로 건너가는 셈이다. 기우뚱한 채로 자전하면서 또 비뚜름하게 공전을 하는 지구의 처지와 흡사하다. 그런 점에서 인간은 호모 카오시스(!)다. '나는 동요한

다, 고로 존재한다!'

아, 그렇다고 비관할 필요는 없다. 동양사상은 이런 식의 카오스를 오히려 생명의 전제조건으로 보았다. "살아 있는 혼돈을 있는 그대로 보존하라."(장자) 그렇다. 중요한 건 낙관도 비관도 아니고, 이 카오스를 매끄럽게 통과하는 것이다. 카오스는 혼돈이다. 하지만 이 혼돈은 방향이 없는 것이 아니라 모든 방향으로 움직일 수 있다는 뜻이다. 이 혼돈 속에서 특정한 시공간적 영토를 만들어 내는 것이 리듬이다. 새들이 노래를 통해 자기 영역을 확보하고 사자가 냄새를 통해 구역을 정하는 것처럼. 이것을 일러 '카오스-리듬'이라고 한다.

리듬은 박자가 아니다. 박자가 동일한 반복이라면 리듬은 차이 속의 반복이다. 음악적 용어로는 리토르넬로라고 한다. 잠깐 옆으로 새면, 리토르넬로를 한 번 발음해 보라. [ㄹ] 음이 많아서 혀가 또르르 굴러갈 것이다. 고려가요 「청산별곡」의 후렴구 '얄리 얄리 얄랑셩 얄라리 얄라'나 '아리랑 아리랑 아라리요'를 연상시키는 발음이다. 혀가 굴러가면 얼굴의 근육이 릴랙~스되고 동시에 몸의 기운이 명랑해진다. 이것이 소리가 파동을 통해 혀와 귀와 근육을 서로 이어 주는 예이다. 다시 돌아가면, 리토르넬로는 17~18세기에 교향곡에서 사용된 음악형식으로, 독주 사이 사이에 반복해서 등장하는 후렴구 혹은 간주곡을 지칭했다. 이 후렴구는 등장할 때마다 약간씩 변주되었다 (a−b−a'−c−a"). 프랑스의 철학자 들뢰즈·가타리는 함께 쓴 『천 개의 고원』이라는 책에서, 이것을 카오스 속에서 만들어 내는 차이의 리듬이라는 의미로 변용시켰다.[더 자세한 내용은 김해완, 『리좀, 나의 삶 나의 글』을 참조할 것] 음악용어를 자연철학적으로 재활용한 셈이다.

자연의 시간은 기본적으로 리듬을 탄다. 자연에서는 낯선 것과 익숙한 것이 계속 교차한다. 낮과 밤, 춘하추동, 24절기, 72절후 등은 쉬지 않고 돌아오건만 사람들은 왜 질리지 않을까? 간단하다. 매번 다르게 돌아오기 때문이다. 이 차이의 원천이 곧 소리와 파동이다. 동양에선 이것을 율려律呂라고 부른다. 머나먼 그 옛날 황제의 신하인 영윤이 대나무 열두 개를 균등하게 구멍을 뚫어 12음률을 맞춘 것이 율려다. 이 율려를 바탕으로 열두 달의 월령과 12지지 및 각종 도량형의 척도로 삼았다. 카오스 속에서 리듬을 찾아내고 그걸 바탕으로 하나의 시공간을 창출한 것이다.

몸의 이치도 다르지 않다. 인디언들은 말한다. "인생은 소리로 만들어진 집이다. 그 소리의 울림이 바로 사람을 만든다."[서정록, 『잃어버린 지혜, 듣기』, 87쪽] 그렇다. 오장육부를 비롯하여 피부와 근육, 세포 곳곳에다 소리들로 충만하다. 숨소리, 트림과 방귀, 코골이와 이명, 하품과 신음 등등. 그중에서 가장 강렬한 건역시 목소리다. 목소리보다 더 좋은 악기는 없다고하지 않는가. 『예기』禮記 '악기'樂記 편에서는 동양의오음, 곧 궁상각치우宮商角緻羽의 생성을 이렇게 설명한다. "소리가 비장에서 나와 입을 다물고 통하는 소리를 궁宮이라 하고, 폐에서 나와 입을 크게 벌리고토하는 소리를 상商이라 하고, 간에서 나와 입을 벌려입술을 솟아오르게 하여 내는 소리를 각角이라 하고, 소리가 심장에서 나와 이는 다물고 입술은 벌려 내는소리를 치緻라 하고, 신장에서 나와 잇몸을 약간 벌리고 입술을 모으며 내는 소리를 우羽라 한다."[서정록, 『잃어버린 지혜, 듣기』, 335쪽]

이 소리들을 바탕으로 인간은 끊임없이 음악을 창조하고 연주한다. 노래와 음악, 인간이 만들어 내는아름다운 소리다. 하지만 이 모든 것보다 더 근원적이고 보편적인 소리가 하나 있다. 바로 '말'이다.

2-5.
"태초에 '옴'이 있었다!"

말은 로고스logos다. 로고스는 지성, 진리로 번역되기
도 한다. 말과 지성, 말과 진리의 직접적 관계를 보여
주는 셈이다. 즉, 말은 진리를 표현하는 소리다. "태초
에 말씀이 있었다!"『요한복음』1장 1절 이것이 기독교의
창조론이다. 말씀이 곧 신이다. 말씀이 세상을 창조
했기 때문이다. 신-말씀-창조, 이것이 로고스를 둘러
싼 항목들이다.

멕시코의 아즈텍 제국의 신화는 더 리얼하다. "창
조주는 빙산과 같았다! 그는 돌처럼 침묵했다. 그러
던 어느 날 그는 빙산을 던져 버리고 침묵을 깼다. 이
세상을 창조하고 싶은 열망을 더 이상 참을 수가 없
었던 것이다. 그래서 그는 노래했다. '이 세상이 생겨
날지어다!' 하고. 그렇게 해서 세상이 창조되었다."서
정록, 『잃어버린 지혜, 듣기』, 186쪽 여기서도 말이 세상을 창

조한다. 창조의 소리, 그것이 곧 말이요 로고스다.

하여, 인간이 신을 만나려면 말이 '통해야' 한다. 말은 인간과 신, 인간과 자연, 인간과 우주 사이를 이어주는 교량이자 전령사다. 가장 시원의 소리는 '옴'이다. 티베트에선 이 '옴'이 천지를 창조했다고 여긴다. "태초에 옴이 있었다." 동양인들이 가장 사랑하는 부처인 관음보살도 태어나자마자 '옴 마니 반메훔'이라 외쳤다고 한다. '옴 마니 반메훔'은 여러 해석이 있지만 '진리의 연꽃이여'라는 의미로 통용된다.

흔히 태초의 소리나 우주적 교감이라고 하면 신비롭고 해독불가능한 방언 혹은 공포와 두려움을 유발하는 진언 등을 떠올릴 것이다. 그것들은 대개 격렬한 박자와 춤, 엑스터시 등을 수반한다. 하지만 그거야말로 로고스에 대한 무지요 모독이다. 그것은 일종의 '음이탈'이다. 음을 이탈한 소리가 어떻게 진리를 드러낼 수 있는가. 약물중독의 상태와 다를 바 없다. 그것은 절대 세상을 창조하고 삶을 창조할 수 없다. "인간의 몸은 언어의 도구"이고, "언어는 인간의 몸을 공명시키는 노래"다. 그러니 언어 안에서 길을 찾으라.

그래서 로고스는 로퀜스(말)이면서 지성이다. 인간은 이 지성의 교량을 통해서 진리에 도달해야 한다.

언어를 통해 '언어 너머'의 세계로 가는 것, 그것이 진리의 길이자 인간의 길이다. 이 소리들을 문자적 형상으로 옮긴 것이 글이고 곧 책이다. 책이 로고스의 보고가 된 원천도 여기에 있다.

부지런하고 정밀하게 글을 읽기로는 포희씨와 대등할 이 뉘 있겠습니까. 글의 정신과 의태가 우주에 널리 펼쳐 있고 만물에 흩어져 있으니, 우주 만물은 단지 문자나 글월로 표현되지 않은 문장입니다. (……) 아침에 일어나니 푸른 나무로 그늘진 뜰에 철 따라 우는 새가 지저귀고 있기에, 부채를 들어 책상을 치며 마구 외치기를, "이게 바로 내가 말하는 '날아갔다 날아오는' 글자요, '서로 울고 서로 화답하는' 글월이다. 다섯 가지 채색을 문장이라 이를진대 문장으로 이보다 더 훌륭한 것은 없다. 오늘 나는 참으로 글을 읽었다" 하였습니다.(박지원, 「경지에게 답함」 2, 『연암집』 (중), 신호열·김명호 옮김, 돌베개, 2007, 365~366쪽)

그렇다. 천지만물은 문장이고, 새소리는 글자다. 그는 천지의 모든 것을 다 로고스로 치환한다. 매미가 울음 울고 땅구멍에서 지렁이가 울음 우는 것도 시를

읊고 책을 읽는 소리다. 어째서 그러한가? 천지에 흩어져 있는 것은 모두 '글의 정기'인 까닭이다. 그러므로 선비가 독서를 하면 그 은택이 천하에 미치고 그 공덕이 만세에까지 전해질 것이다. 하여, 천하 사람들이 모두 앉아서 책을 읽는다면 천하가 태평해질 것이다. 과연 연암은 로고스의 화신이다!

이것은 결코 추상적 원리나 수사적 잠언에 그치지 않는다. 그 효과는 일상적이면서 또 신체적이다. 간서치看書癡: 지나치게 책을 읽는 데만 열중해 세상 물정에 어두운 사람로 널리 알려진 연암의 절친 이덕무는 그야말로 책벌레였는데, 그에게는 독서가 곧 일용한 양식이자 치유의 과정이었다. 그가 말하는 독서의 네 가지 유익한 점을 보자.

"첫째, 굶주린 때에 책을 읽으면 소리가 배나 낭랑하여 그 이치와 취지를 잘 맛보게 되어서 배고픔도 느끼지 못하게 된다. 둘째, 차츰 날씨가 추워질 때에 읽게 되면 기운이 소리를 따라 유전하여 체내가 편하여 추위도 잊을 수가 있게 된다. 셋째, 근심 걱정으로 마음이 괴로울 때에 눈은 글자에, 마음은 이치에 집중시켜 읽으면 천만 가지 생각이 일시에 사라져 버린다. 넷째, 기침병을 앓을 때에 책을 읽으면, 기운이 통하여 부딪침이 없게 되어 기침 소리가 갑자기 그쳐 버린다."(이덕무,『청장관전서』8, 민족문화추진회 편, 솔, 1997, 141쪽)

배고픔을 잊게 하고 추위를 견디게 하고 근심 걱정을 날려 버리며 기침을 그치게 한다. 말하자면, 그에게는 책을 읽는 것이 몸과 마음을 집중시켜 기혈이 통하게 하고 병을 치유하는 방편이다. 이보다 더 유용하고 즉각적인 치유법이 또 있을까.

하여, 동양의 스승들은 말한다. 오직 배움을 통해서만 기질을 변화시킬 수 있다고. 독서를 하고 문장을 쓰면, 다시 말해 로고스를 터득하면 타고난 선천의 기질 — 치우치고 어그러진 — 을 바로잡을 수 있다는 뜻이다. 그게 어떻게 가능하냐고? 말에 담긴 소리와 파동으로 인해서다. 그것이 '카오스-리듬'이자 존재와 우주 사이의 간주곡, 곧 리토르넬로다.

2-6.
로고스의 정치경제학

직립하기 위해선 귀가 열려야 한다고 했다. 두 발로
서게 되면 뇌 용량이 커지면서 얼굴이 머리에서 분리
된다. '얼굴의 탈영토화'가 이것이다. 그러면 입이 평
면화되고 동시에 입과 후두부 사이가 직각에 가까운
꼴이 된다. 그럼으로써 분절음이 가능해지는 것이다.
결국 귀가 열리면 목소리도 뚫린다. 해서 듣기와 말
하기는 하나다. 인간은 결코 들을 수 없는 말을 할 수
없다. 듣는 만큼 말한다는 뜻이다. 듣고 말하고, 다시
듣고 또 말하고…… 이것이 인생이다. 그러므로 어떤
말을 할 것인가. 어떤 말을 들을 것인가. 거기에 따라
삶이 창조되기도 하고 파괴되기도 한다. 그렇다면 우
리는 이 로고스를 중심으로 삶의 지도를 다시 그려볼
필요가 있다.
  우리의 문명을 흔히 '모더니티, 모더니즘'이라고

지칭한다. 모더니티modernity는 근대, 근대성 등으로 번역되는 낱말이다. 20세기 이후 서구 자본주의의 도래와 함께 시작된 문명의 배치로, 노동과 화폐가 주도하는 사회구성체를 뜻한다. 사람들의 일상에는 속도와 게으름, 여성과 남성, 정상과 비정상 등 수많은 이분법이 작동하게 되었다. 인간과 자연이 과격하게 단절하게 된 것도 같은 맥락이다. 그와 동시에 삶의 다양성과 신체의 역동성은 봉쇄되고 말았다. 사계절의 운행이나 절기의 변화 따위는 중요하지 않다. 봄·여름·가을·겨울은 그저 동일한 시간들의 펼침일 뿐이다. 그것은 양적으로 측정되고, 그래서 균질화된다. 시간의 흐름이 공간화되는 것, 그것이 시계의 탄생이다. 그와 더불어 시간은 공간에 복속된다.

공간이 특권화되면 양의 법칙이 작용한다. 제국주의의 침략과 팽창도 거기에 기반한다. 시공은 본디 하나다. 그럼에도 시간을 공간에 묶어 두고 공간은 무한히 팽창하는 것. 이것이 정복과 착취의 논리 아닌가. 그것은 비단 제국적 거대담론뿐 아니라 개인의 삶에도 고스란히 적용된다. 집이 커질수록 부동산에 대한 욕망도 증폭된다. 물건과 상품은 많을수록 좋다. 쾌락도 다다익선의 법칙에 따른다. 관계와 용법에 대해선 전혀 고려하지 않는다. 단지 소유를 증식

하고 싶을 뿐이다.

같은 맥락에서, 공간이 시간을 압도하면 당연히 시선은 밖으로 향한다. 내부로 향하는 길은 차단되었다. 타인의 눈에 비친 내가 나를 지배한다. 결국 모두가 인정욕망의 화신이 되어 버렸다. 그에 부응하여 도시는 스펙터클의 향연을 멈추지 않는다. 그 결정판이 스마트폰이다. 스마트폰은 쉬지 않고 빛을 쏘아 댄다. LTE 광고를 보라. 현란한 속도, 빛의 마술이 주를 이룬다. "대체 왜 저 엄청난 속도와 빛의 폭주가 필요한 거지?"라는 질문은 봉쇄된다. 이것이 모더니티 문명이 제시하는 삶의 형식이다.

그에 반해, 동양사상은 공간보다는 시간에 더 착목한다. 『주역』의 이치가 잘 보여 주듯, 점유보다는 변화가 더 우선이다. 아무리 좋은 것도 극에 이르면 반대로 화하고, 그 반대도 역시 마찬가지다. 음이 극에 이르면 양이 되고, 양이 극에 이르면 다시 음이 된다. 같은 이치로 낮과 밤은 대립 관계가 아니다. 밤이 있어야 낮이 있고, 낮이 있어야 밤이 있다. 지극히 당연한 원리 아닌가. 그럼에도 모더니티의 진군 앞에서 이 자연의 법칙들은 미신과 하류로 전락하고 말았다.

하지만 극에 이르면 반대로 전화한다는 법칙은 모더니티에도 고스란히 적용된다. 마침내 빛이 공해가 된 시대가 도래하였다. 빛은 밤의 영역을 침탈하여 사람들로부터 잠을 빼앗아 버렸다. 밤과 잠을 약탈하는 빛, 그것은 이미 성공의 상징이 아니라 존재를 사그라들게 만드는 그림자다. 아닌 게 아니라 사람들은 이제 차츰 지쳐 간다. 밤에도 쉬지 못하고 낮에는 정신없이 바쁘다. 그래서 우울하다. 하지만 사람들은 이것이 시각과 빛 때문이라고 생각하지 못한다. 어이없게도 화폐가 부족해서, 남들만큼 취업을 못해서, 혹은 남들처럼 더 화려하게 즐기질 못해서라고 생각한다.

그래서 근본적인 탐사가 필요한 법이다. 우테-피큐리스족 인디언들에게 눈은 '요리하는 것' '찍는 것'이란 뜻이고, 귀는 '주는 것'이란 뜻이란다.[서정록, 『잃어버린 지혜, 듣기』, 101쪽] 눈이 요리한다는 말은 무슨 뜻인가? 눈은 자기가 원하는 것만 취하는 습성이 있다. 눈이 향한다는 건 그걸 소유하고 싶다는 뜻이기도 하다. '아이 쇼핑'이나 '여자를 찍었다'는 표현 같은 것이 그 예다. 만약 그 반대일 경우는? 눈이 무기가 된다. 그게 곧 우리 말의 '눈총'이다. 눈으로 쏘는 총? 왠지 좀 섬뜩하다. 결국 시각과 빛이 폭주하면 그 방향은 둘 중 하나다. 열렬히 갖고 싶거나 아니면 잔인하게 짓밟고 싶거나 —소유욕 아니면 폭력.

이때 가장 타격을 입는 것이 귀라고 했다. 귀가 소

외되면 입과 혀도 굳게 된다. 쉽게 말해, 말의 길이 끊어지거나 왜곡된다. 아니, 그 이전에 말이 인생과 세계를 창조한다는 사실 자체를 망각해 버린다. 실어증과 언어폭력이 난무하는 건 그런 점에서 지극히 당연하다.

자, 그렇다면 이제 문명의 배치는 이렇게 바뀌어야 하지 않을까. 공간에서 시간으로! 눈에서 귀로! 이미지에서 소리로! 그렇지 않으면 우리는 계속 욕망의 롤러코스터를 탈 수밖에 없다. 비상과 추락 사이를 정신 없이 오가는! 아울러 이어폰의 일상화로 소리에 대한 상상력도 한없이 추락하고 있다. 폭력적인 소음 아니면 신비로운 황홀경. 이런 이분법하에서 말-소리는 침묵된다. 진리로 향할 수 있는 유일하고도 보편적인, 평범하면서도 고귀한 길이 닫혀 버린 것이다.

진리는 특별한 것이 아니다. 도道는 평범해야 한다. 그러므로 반드시 로고스를 복원해야 한다. 10대들이 제대로 변성기를 겪을 수 있도록, 우리의 말이 폭언과 무음을 왕복달리기 하지 않도록, 말이 사람을 부르고 사람이 또 말을 부를 수 있도록. 이보다 더 절실한 '핫' 이슈가 또 있을까. 이것이 로고스의 정치경제학이다.

2-7.
에코, 에콜로지

누구나 인정하듯이, 21세기의 문명적 비전은 에콜로지다. 에콜로지란 생태주의, 곧 인간과 자연의 공존을 모색하는 패러다임이다. 근대가 인간과 자연의 분리와 단절을 선언하면서 시작되었다면, 이제 인간과 자연은 다시 만나야 한다. 맞는 말이다. 하지만 사실이 말은 틀렸다. 인간과 자연은 본디 하나다. 인간 또한 자연의 산물 아닌가. 자연에서 와서 자연으로 돌아가는 존재이니까.

인류학자 나카자와 신이치의 말에 따르면, 인간과 자연이 하나로 통하는 것을 "대칭성"이라고 한다. 대칭성의 복원이 곧 에콜로지다. 그런데 그렇게 하려면 자연을 공간적으로 사유해서는 곤란하다. 흔히 자연을 보호하고, 지구를 지키는 것을 에콜로지로 생각하지만, 그건 한마디로 난센스다. 인간은 자연을 보호할 수 없다. 지구의 멸망을 막을 수도 없다. 왜? 인간이 곧 자연이고 사람이 곧 지구이기 때문이다. 인간과 자연은 근원적으로 하나다. 그런 이치를 간과한 채 사람들은 청정한 공간을 찾아 헤맨다. 마치 자신은 생태계와 무관한 존재인 것처럼. 쉽게 말해 자기 속이 썩는 줄도 모르고 지구만 걱정하는 꼴이다.

그래서 삶과 세계를 시간의 흐름, 변화의 리듬으로 보는 관점이 필요하다. 사계절의 변화, 생로병사의 흐름, 생멸의 원리 등을 사유의 중심에 놓게 되면, 자연을 난개발하고 공간을 점유하는 것이 얼마나 무의미한지를 절로 깨닫게 될 것이다. 그러면 지키고 보호하는 방식이 아니라 존재와 자연의 일치를 도모하게 될 것이다. 이것이 바로 로고스적 수행이다.

윈난성은 소수민족의 집결지다. 대표적인 소수민족인 나시족 신화는 두꺼비를 신으로 모신다. 왜 신화들은 동물을 섬길까? 인간과 동물은 원초적으로 연결되어 있기 때문이다. 여기서는 문명의 분별력이 작용하지 않는다. 선악, 시비, 미추, 나아가 주객의 경계까지 다 넘나든다. 솔직히 두꺼비라고 해서 놀랐다. 독수리나 호랑이, 곰 등 카리스마 작렬하는 동물들이야 당연히 신화적 주인공이 될 만하다고 여긴다. 사실 따지고 보면 이것 자체가 분별력의 산물이다.

멋지고 파워풀하고 영웅적인 캐릭터들! ——할리우드 영화가 끊임없이 생산해 내는 주인공들이다. 하지만 그거야말로 '문명지'가 아닌가. 그래서 조상이 까마귀라든가 두꺼비라고 하면 몹시 실망하고 당황하는 것이다.

그러면 왜 나시족은 두꺼비를 조상신으로 섬기게 되었을까? 두꺼비가 하늘에 올라가 경전을 가져왔기 때문이란다. 오, 놀라워라! 번식력이나 전투력이 아니라 경전을 가져왔기 때문이라니. 경전이란 무엇인가? 천지의 원리와 인생의 비전을 담은 책이다. 말하자면 진리를 전해 주었기 때문에 신으로 좌정하게 된 것이다.

그럼 또 이렇게 생각할 것이다. 두꺼비가 웬 진리? 그렇지 않다. 『서유기』에 따르면, "생물 가운데 아홉 구멍(구규)을 가진 것들은 모두 신선의 도를 수련할 수 있다"(오승은, 『서유기』 1, 117쪽)고 한다. 부처님이 숲에서 명상하실 때 정성을 다해 시봉한 코끼리, 불이 났는데도 불경소리를 듣는 데 열중하다가 그대로 타죽은 박쥐들 등의 신화들이 전해 주듯, 모든 생명 가진 존재는 이 우주의 이치를 깨닫고자 한다. 그런데 그것은 말로 이루어져 있다. 물론 동물들은 내용을 알아듣지는 못한다. 다만 그 파동을 감지할 수 있을 뿐이다. 진리에 담긴 우주적 파동을. 그런 점에서 인간이 동물보다 위대한 점은 오직 이것뿐이다. 말과 소리를 통해 진리를 표현할 수 있다는 것.

요컨대, 인간이 자연의 대칭성을 복원하는 길은 로고스다. 로고스는 진동이고 그 진동이 진리로 현현된다. 하여, 진리는 서로서로 메아리친다. 다시 말해, 진리는 원초적으로 에코다! 이 에코들의 연속체가 에콜로지 아닐까. 그래서 핵심은 소통이다. 동양에서 성인聖人이나 진인眞人: 도를 깨쳐 깊은 진리를 깨달은 사람은 다 소통의 화신이다. 인간을 넘어 동물, 식물, 무생물과도 소통할 수 있는 존재다. 애니메이션 <바람계곡의 나우시카>나 <원령공주> 등도 그렇다.

궁극적으로 인간이 곧 자연임을 아는 것, 그것이 에콜로지의 핵심이다. 로고스가 도달해야 할 지점 역시 거기다. 고로, 로고스와 에콜로지는 하나다! 이 에코의 인드라망에 접속할 수 있다면, 죽음에 대한 공포로부터 벗어나는 것도 어렵지 않을 것이다. 인디언들이 부르는 '죽음의 노래'를 들어보라.

오늘은 죽기 좋은 날
모든 생명들이 나와 조화를 이루고
모든 소리가 내 안에서 합창하고

모든 아름다움이 내 눈에 녹아들고

모든 잡념이 내게서 멀어졌으니

오늘은 죽기 좋은 날

나를 둘러싼 저 평화로운 땅

마침내 계절의 순환을 마친 저 들판

웃음이 가득한 나의 집

그리고 내 곁에 둘러앉은 자식들

그렇다, 오늘이 아니면 언제 떠나겠는가.(서정록, 『잃
어버린 지혜, 듣기』, 181쪽)

　이런 죽음은 또 하나의 창조요 생성이다. 이 노랫
말의 파동은 수많은 에코들을 불러낼 테니 말이다.
그렇다. 에코는 에코를 부른다! 천지에 가득찬 것이
책의 정기라는 연암의 말도 이런 뜻이리라.

2-8.
이 여인을 보라—마르셀라

이 주제와 관련해서 최근에 읽은 아주 멋진 텍스트가 하나 있다. 『돈키호테』에 나오는 카메오인데, 마르셀라라는 아가씨가 그 주인공이다. 그녀는 부잣집에서 귀하게 자란 데다 빼어난 미모로 뭇남성들의 구애를 받았지만 어느 날 문득 목동이 되겠다며 골짜기로 들어가 버렸다. 그러자 골짜기가 온통 그녀를 짝사랑하는 남성들의 비가로 가득차게 되었다. 그중 한 열렬한 구애자는 그녀에게 거절당하자 미쳐서 날뛰다 비참하게 생을 마친다. 그러자 그녀에 대한 비난이 쏟아지기 시작했다. 잔인하다는 둥 비열하다는 둥. 그를 땅에 묻는 순간에 그녀가 바위 꼭대기에 짠~ 하고 모습을 드러냈다. 그녀의 말을 들어보라.

진정한 사랑이란 둘이 아니며 누가 시켜서가 아니

라 마음에서 우러나는 것이라고 하더군요. (……)
그런데 그대들은 나를 진정으로 좋아한다는 말에
의무감을 느껴 제가 억지로라도 마음을 주어야 한
다는 뜻으로 말하는데 무엇 때문인가요? 이야기를
바꾸어서, 만약 하늘이 나를 예쁜 여자가 아니라
추한 여자로 태어나게 했는데, 나를 사랑하지 않는
다고 내가 그대들에게 불평을 한다면 과연 내 태도
가 옳은지요? (……) 독사가 비록 독으로 사람을 죽
여도 자연의 힘이 독을 갖고 태어나게 한 것이 죄
라고 할 수 없듯이, 저도 예쁘다는 이유로 비난받
아서는 안 된다는 말씀입니다. (……) 여자의 덕과
정절은 영혼의 화환입니다. 화환 없이는 육체가 비
록 아름답다 하여도 아름답게 보이지 않는 법이지
요. (세르반테스, 『돈끼호떼』 1, 186~187쪽)

사랑의 이치, 역지사지의 윤리, 미에 대한 상대적
관점 등 그녀는 이미 철학자다. 게다가 저 도도하게
흐르는 말솜씨를 보라. 마치 강물이 흐르듯 막힘이
없다. 열여섯 살 처녀아이가 어떻게 이럴 수가? 이치
는 간단하다. 그녀의 말에는 간극이 없다. 말이 곧 몸
이고, 몸이 곧 그녀의 삶이다.

(……) 저는 자유롭게 태어났고, 자유롭게 살고자 이 산과 들의 고독을 선택했습니다. 이 산의 나무들이 나의 친구들이며, 시냇가의 맑은 물이 나의 거울입니다. 여기 이 샘물에게는 내 생각과 아름다움을 이야기합니다. 나는 멀리 있는 불덩이이고, 멀리 놓인 칼이지요. 나를 보고 반한 사람들에게 나는 말로써 오해를 풀어주었습니다. 사랑하는 마음이 희망을 먹고 사는 것이라면, 나는 그리소스또모나 다른 남자 어느 누구에게도 어떤 약속도 한 적이 없으니, 이거야말로 내가 잔인해서 죽인 것이 아니라 그의 좋아하는 마음이 자기를 죽인 거라고 할 수 있지요. (……) 지금 여기 무덤을 파고 있는 바로 이 장소에서 그가 내게 사랑한다는 말을 최초로 밝혔을 때, 단지 저는 영원히 혼자 사는 것이 좋으며, 내게 아름다움이 있다면 그건 이 땅이 내 아름다움의 껍질과 묻혀 사는 정절의 열매를 가져가겠지요라고 말한 죄밖에 없습니다. 만약 제가 의사를 밝혔음에도 불구하고 그가 아무 희망도 없는 사랑을 밀고 나가며, 세상 풍파에 복수를 하려고 했다면 그건 정신 빠진 소용돌이 와중에 혼자 빠져 죽은 게 아닙니까? (……) 누구에게도 약속한 적도 없고, 속인 적도, 부른 적도, 받아들인 적도 없는 사람에게 잔

인하다느니 살인자라느니 하시는 건 옳지 않습니다. 하늘은 아직까지도 제게 분별없이 사람을 사랑하라고 하지는 않으셨습니다.(세르반테스,『돈끼호떼』1, 187~188쪽)

그녀가 원하는 건 자유다. 그래서 그는 숲과 골짜기의 고독을 선택했다. 그녀의 아름다움은 자연이 주었으니 마땅히 돌아갈 곳도 자연이다. 사랑한다는 건 자유와 고독을 반납하는 것이고, 그래서 그녀는 누구에게도 헛된 희망을 준 적이 없다. 그런데도 혼자 미쳐서 죽었다면 그건 그 사람의 욕정과 성급함 탓이다. 그녀는 단호하게 말한다. "저를 무정한 여자라고 하신다면, 저를 그냥 사랑하지 말아주세요."

저는 자유로운 신분이라서 무엇에 얽매이는 것을 좋아하지 않고, 누구를 좋아하지도 싫어하지도 않습니다. 이 사람을 속이고 저 사람을 사랑하지도 않고, 어떤 사람을 놀리고 다른 사람과 놀아나지도 않습니다. 이 동네 아가씨들과 정다운 이야기를 나누고, 제 염소들을 보살피는 일이 저의 취미입니다. 제가 원하는 것은 이 산 주위에 다 있습니다. 혹시 여기에서 나간다면 하늘의 아름다움을 보기

위한 것이지요, 영혼이 태초의 고향집을 향하는 발
걸음이라고 할까요.(세르반테스,『돈끼호떼』1, 189쪽)

그녀는 결코 남성의 사랑을 갈구하지 않는다. 이상
형을 기다리지도 않는다. 왜냐고? 자신이 원하는 것
은 이 산 주위에 다 있기 때문이다! 세상이 싫어 숨어
든 것도 아니고 금욕을 할 필요도 없다. 어떤 에로스
적 충동도 이 생의 충만함과 바꿀 수는 없다. 욕정에
빠진 에로스의 화신들은 다 미쳐 날뛰거나 죽음을 자
초한다. 카오스의 나락으로 추락해 버린 것이다. 이
로써 보건대 에로스는 결코 생명의 길이 아니다. 그
것은 죽음충동타나토스을 야기하고 몰락을 찬미하게
한다. 여기에서 벗어나려면 리듬을 만들어 내야 한
다. 죽음이 아니라 생명으로 이어지는 '카오스-리듬'
을. 생명과 우주 사이의 간주곡을. 마르셀라가 바로
그런 존재다.

이것이 에콜로지의 진수다. 자연을 지키고 보호하
는 것이 아니라 자연 속에서 자연의 이치로 살아가는
것, 생명과 자연이 하나로 연결되는 삶! 이 순간 그녀
는 여성과 남성의 이분법을 훌쩍 뛰어넘는다. 그녀가
누리는 건 인간의 본연적 자유다. 그 본성의 발로가
그녀의 로고스다. 하여, 그녀는 진정 아름답다. 진리

를 담은 소리보다 더 아름다운 건 없으므로.

다시 말하지만, 그녀의 나이는 열여섯 살이다! 그렇게 어린 나이에 말도 안 된다고? 그럼 그 나이에 욕정에 눈이 멀어 숲과 골짜기를 온통 한숨과 비탄으로 가득 차게 하고 그러다 지쳐 발광하다 죽어 자빠지는 건 말이 되는가? 열여섯 살, 이 어린 나이에도 이런 사상과 말이 가능하다면 그 누구든 가능하지 않을까? 그래서 로고스는 자연이고 생명이다!

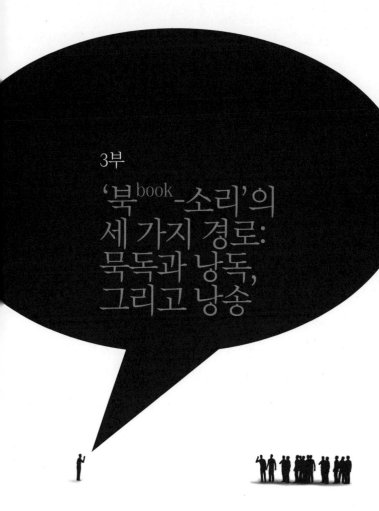

3부

'북book-소리'의
세 가지 경로:
묵독과 낭독,
그리고 낭송

3-1.
북(book), 로고스의 향연

왜 세상의 모든 학교에선 책을 읽을까? 입시지옥이든 대안교육이든 일단 학교는 책으로 공부한다. 국·영·수, 사탐, 과탐, 예체능 등등. 모든 과목과 수업은 책으로 되어 있다. 책을 읽을 것인가는 선택사항이 아니다. 학교에 오는 순간, 아니 태어나는 순간 이미 결정되어 있다. 공부에 소질이 있건 없건, 독서를 좋아하건 싫어하건 상관없다. 학교를 벗어나도 마찬가지다. 뭔가를 배우려면 책을 펼쳐야 한다. 전자책의 시대가 오면 책들이 사라질 거라고? 그럴 리가! 책이란 부피와 무게를 지닌 물질적 형태로 환원되지 않는다. 전자책도 결국은 북book이다. 책이 없는 인생, 책이 없는 세상은 상상조차 하기 어렵다. 고로, 책은 운명이다!

이치는 간단하다. 책은 로고스를 담은 것이기 때문

이다. 로고스는 창조의 언어라고 했다. 말씀은 우주를 창조하고 생명을 탄생시켰다. 천지와 함께 생멸하면서 허공을 가득 메우고 있다. 이 우주를 '정보의 매트릭스'라고 부르는 것도 그런 이치다. 이 흐름을 '절단, 채취'한 것이 인간의 언어다. 그 언어를 다시 형상으로 옮긴 것이 문장이고 책이다. 언어가 신성한 활동이듯, 책도 그렇게 우리 앞에 출현했다. 책에 대한 전 인류적 경외감은 여기서 비롯한다. 하여, 세계의 모든 학교에선 책을 읽는다. 또 인종과 지역에 상관없이 배움의 한가운데에는 언제나 책이 있다.

그러므로 책을 읽을 때 인간은 가장 고매하고 고귀해진다. "오직 독서 이 한 가지 일이, 위로는 옛 성현을 좇아 함께할 수 있게 하고 아래로는 백성을 길이 깨우칠 수 있게 하며, 신명에 통달하게 하고 임금의 정사를 도울 수 있게 할 뿐 아니라, 인간으로 하여금 짐승과 벌레의 부류를 벗어나 저 광대한 우주를 지탱하게 만드니, 독서야말로 우리들의 본분이라 하겠다."(정약용) 고古와 금今, 위와 아래, 신명과 정사, 인간과 우주, 모든 차이와 경계를 자유롭게 넘나들 수 있는 유일한 일, 그것이 독서다. 인간의 활동 가운데 이것을 대체할 수 있는 일이 또 있을까.

그렇다고 특별한 능력을 요구하는 것도 아니다. 음

악과 미술, 스포츠와 연기 등은 고도의 재능을 필요로 한다. 그래서 그것은 결코 진리의 길이 될 수 없다. 진리는 보편적이고 평범해야 한다. 특별한 끼와 능력을 필요로 한다면, 그것은 이미 진리가 아니다. 언어는 끼와 재능이 아니다. 언어는 신체 그 자체의 표현이다. 귀가 열리면서, 얼굴이 탈영토화하면서, 직립하면서 시작된 인간의 원초적 본성이다. 하여, 일상의 현장, 인생의 전 과정과 분리될 수 없다. 문자는 더더욱 말할 것도 없다. 삶과 사유가 없이 문장을 쓴다는 건 불가능하다. 언어와 삶이 마주칠 때, 언어와 문자가 충돌할 때, 마음과 우주가 어울릴 때, 그때 진리가 탄생한다. 이 진리를 담은 그릇이 곧 책이다. 고로, 책은 로고스의 향연이다.

로고스는 말씀이고 소리요 파동이라 했다. 그렇다면 책도 그러할 것이다. 책을 그저 내용과 의미로 간주하는 것처럼 어리석은 일도 없다. 책에는 말들이 흘러가고 흘러오면서 만들어진 수많은 소리와 파동의 결들이 있다. 그것은 때에 따라, 장소에 따라, 또 주체의 신체적 상태에 따라 끊임없이 변이한다. 그 속에서 전혀 예기치 못한 의미의 생성이 일어난다. 그것이 곧 삶의 창조다! 하여, 책은 소리 내어 읽어야 한다. 그러므로 '북book-소리'는 원초적으로 찰떡궁합이다.

3-2.
묵독, '소리'의 침묵

독서란 큰 소리로 책을 읽는 것을 뜻한다. 독서라는 한자를 한번 써보라. 讀. 보다시피 말씀 언言이 들어 있다. '소리 내어 읽는다'는 의미다. 그냥 눈으로만 보는 것은 간서看書라고 했다.

인류는 수천 년간 책을 소리로 터득했다. 구술과 낭독, 암송과 낭송 등등으로. 소리 내어 읽는 순간 몸 전체가 그 소리의 파동 속으로 들어가게 된다. 내용을 이해하고 못하고는 부차적인 문제다. 중요한 건 그 파동과 기氣를 몸이 기억하게 된다는 것. 그래서 쿵푸다! 하지만 지금은 오로지 묵독만이 책읽기라는 편견에 빠져 있다. 그 결과 학교 교육에서도 어느덧 낭송이 사라져 버렸다. 학교 교육이 생동감을 잃어버리게 된 이유이기도 하다.

수업시간을 한번 떠올려 보라. 책에 담긴 내용을

선생님이 설명해 주고, 거기에 해당하는 문제를 풀이해 준다. 학생들은 그저 눈으로 선생님의 활동을 지켜만 보고 있다. 시험과 관련된 사항만 암기하면 그만이다. 대부분의 학생들은 멍하니 지켜보거나 혹은 머릿속으로 딴 생각을 한다. 그러니 무슨 즐거움이 있겠는가. 이럴 때 독서는 고역이다. 이런 상태에서 책에 대한 좋은 느낌을 가지는 건 불가능하다. 그러니 피하고 싶을 수밖에.

잘 알고 있듯이, 근대 이전엔 동서양을 막론하고 구술문화의 시대라 낭독이 대세였다. 묵독은 책을 읽는 여러 가지 방법 가운데 하나였을 뿐이다. 독서라는 말도 그렇지만, 그리스어의 경우, "씌어진 모든 것은 그 자체만으로는 불완전한 것으로" 여겼다고 한다. 완전해지려면 읽는 행위가 필요하다는 것. 비유적으로 말하면, "텍스트는 씌어진 문자라는 연속된 날줄에 음성이라는 씨줄이 짜여져 나온 직물인데, 독서 행위로 이 직물이 짜여지고, 그것이 끝나면 다시 풀어진다"고 본 것이다.[로제 샤르티에외 엮음, 『읽는다는 것의 역사』, 78쪽] 따라서 묵독은 어디까지나 부수적인 방식이었다. 그러다 18세기를 전후하여 부르주아 시민계급의 등장과 더불어 "개인의 고독한 독서"인 묵독이 점차 부각되기 시작했다. 낭독이 공적이고 사교적이며 터놓고 하는 방식이라면 묵독은 편안하고 조용하며 심미적 체험을 주로 한다.(앞의 책, 487쪽) 이후 부르주아의 시대가 열리면서 묵독은 비로소 대세가 되었다. 무엇보다 인쇄술의 발달로 책이 대중화되었기 때문이다. 소수만이 책을 독점하던 시대에서 다수가 언제든 책을 들 수 있는 시대가 온 것이다. 책의 보급, 진리의 대중화, 라는 점에선 대단한 진보임에 틀림없다. 허나, 모든 진보에는 대가가 있다던가. 이제 책은 더 이상 로고스의 향연이 아니다. 책과 소리의 분열이 일어난 것이다. 독서라는 말에서 소리가 탈락되어 버렸다. 거의 대부분의 사람들이 '독서'라고 하면 바로 '고적한 곳에서 눈으로만 읽는' 행위를 떠올리는 건 그 때문이다. '마음의 양식'이라는 표현도 그렇다. '마음으로만 쌓는' 교양일 뿐 외부와 소통하는 신체성이라는 의미는 누락되었다. 그런 점에서 묵독은 소리의 침묵 혹은 'Sound of Silence'침묵의 소리다.

책과 소리가 멀어지면서 책과 사람들의 관계도 어색해졌다. 낭독이나 낭송은 그 자체로 다중적이다. 함께 읽어야 하고, 서로의 소리를 들어야 한다. 그래서 광장이나 마당이 어울린다. 선비들의 경우 방안에서 홀로 읽는다 해도 그 소리는 사방으로 울려 퍼졌다. 가족은 물론이고 지나가는 길손과 이웃사촌들,

그리고 개와 고양이까지 다 들을 수 있다. '서당개 삼
년이면 풍월을 읊는다'는 속담을 환기해 보라. 그 소
리를 들으면 진도가 얼마나 나갔는지 얼마나 내공이
깊어졌는지를 짐작할 수 있다. 일종의 '지성의 코뮤
니티'가 형성되는 것이다.

하지만 묵독은 개별적이다. 고립되고 외로운 독서
다. 그래서 현대인들은 책을 읽으려면 서재나 독서실
등 밀폐된 장소로 숨어든다. 누구도 범접할 수 없는
자기만의 '외딴 방', 거기가 묵독의 거처다. 한데, 그
렇게 되면 뇌가 특권화된다. 묵독은 뇌의 특권화라는
인식론적 배치와 맞물려 있다. 낭독에는 '머리와 가
슴과 팔' 혹은 '다리'의 강력한 운동이 수반되었다. 해
서, 힘은 들지만 기혈 순환에는 아주 그만이다. 그에
반해 묵독은 정지된 자세를 요구한다. 책상 앞에 똑
바로 앉든 소파에 비스듬하게 눕든 마찬가지다. 힘이
들지 않는 대신 전신의 기혈이 막히기 십상이다. 자
의식과 사적 영역이 비대해지는 것도 이와 무관하지
않다. '몸을 쓰지 않으면 마음이 번다해지고, 몸을 활
발하게 움직이면 마음이 가벼워진다'는 『동의보감』
의 이치는 이 경우에도 그대로 적용된다.

아울러 이렇게 되면 자연스럽게 다독을 지향하게
된다. 낭독이나 낭송이 온힘을 기울여 또박또박 정독

을 해야 한다면, 묵독은 뇌와 시각중추만을 이용해 후
다닥 '읽어 치울' 수 있다. 더 많이, 더 빨리! 실제로 속
독법이 끊임없이 개발되고 있지 않은가. 그와 동시에
책은 이제 지혜나 진리의 보고가 아니라 지식과 정보
의 집적체가 되어 버린다. 하여, 그 지식의 양과 질을
둘러싸고 다시 엘리트와 대중의 장벽이 두터워진다.

또 뇌가 특권화되면서 시각이 중요하게 되면 다른
감각들은 침묵된다. 여러 번 강조했듯이, 특히 청각
의 소외가 심각하다. 가수들은 자기가 하는 노래를
들으면서 연습을 한다고 한다. 소리에 집중할수록 정
확한 음정을 낼 수 있기 때문이다. 마찬가지로, 자신
이 읽는 소리를 들어야 제대로 전달할 수 있다. 묵독
에는 이런 과정이 생략된다는 점에서 치명적이다. 책
읽기와 말하기 능력 사이에 커다란 간극이 생긴다는
뜻이다.

사실 그렇지 않은가. 성적이 좋은 학생들은 분명
묵독에 능하다. 하지만 그것이 전달력을 증명해 주는
건 아니다. 소리는 구체적인 훈련을 통해서만 가능하
다. 그래서 현장이 필요하고, 그 현장에는 그의 말을
들어 줄 타인들이 있어야 한다. 결국 다시 원점으로
돌아오고 말았다. 이것이 묵독의 한계다. 책에서 소
리를 제거하면 나의 목소리도 침묵하게 된다.

3-3.
'소리 없는 아우성', 암기

그래서 묵독의 배치에선 암기가 중요해진다. 암기는
암송이 아니다. 소리가 없이 정보로만 기억되는 것,
그것이 암기다. 암기에는 뇌를 써야 한다. 뇌가 홀로
노동을 담당해야 하는 것이다. 그렇게 기혈이 한쪽으
로 쏠리면 몸 전체의 균형이 깨진다. 뇌는 과잉노동
으로, 다른 부분, 특히 하체는 노동의 결핍으로 시달
리게 된다. 해서 책을 많이 읽으면 시력은 약화되고
뺨은 창백하며 하체는 빈곤해진다. 이것이 우리가 통
념적으로 떠올리는 지식인의 초상이다.

　과학적으로 풀이해 보면 이렇다. "우리의 뇌는 각
종 정보를 분석하여 몸과 정신에 보낸다. 그런데 뇌
는 스스로는 에너지를 생산하지 못한다. 전적으로 외
부의 에너지원에 의존할 수밖에 없다. 그 에너지원은
크게 세 가지이다. 하나는 공기 중의 산소이고, 다른

하나는 음식물의 영양분이다. 그리고 또 하나는 소리와 운동이다. 소리와 운동은 모두 진동 또는 파동이다. 이 소리와 운동을 관장하는 기관이 바로 귀이다." (서정록, 『잃어버린 지혜, 듣기』, 48쪽) 즉, 귀의 주요한 기능 중의 하나가 뇌를 활성화시키는 것이다. 그래서 소리 내어 읽어야 한다. 그러면 자신이 내는 소리를 듣게 된다. 그럴 때 뇌는 쥐어짜지 않고 편안하게 충전된다. 소리를 낼 때 턱을 움직이는 것도 뇌를 충전하는 데 효과적이다. 외국어를 배울 때는 전적으로 이 방법을 써야 한다. 외국어를 묵독으로 배운다는 건 상상조차 하기 어렵다.

그런 점에서 묵독은 일종의 '음소거'다. 이미 말했다시피, 소리가 사라지면 책은 오직 정보의 창고가 되어 버린다. 창고의 물건들은 하나씩 개별적으로 쌓인다. 서로 연결되기보다 각자 따로 존재한다. 분할 가능한 사물이 되어 버리는 것이다. 또 외부로 통하는 문이 없다. 그렇게 되면 관계와 용법이 아니라 양적 척도가 지배하게 된다. 누가 더 많이 읽는가? 누가 더 많이 기억하는가? 그래서 사전이 지식의 초월적 척도가 된다. 20세기 서재에서 사전들의 위엄은 실로 대단했다. 대형 백과사전이 있어야 그 서재는 비로소 지적 권위를 누릴 수 있었다. 책의 내용을 줄줄

외고 다니면서 무엇을 물어도 즉각 관련 정보를 마구 쏟아내는 이들한테 '워킹 딕셔너리'라는 닉네임을 붙여 준 것도 그 때문이다. 고등학교 시절, 영어사전을 한 장씩 불에 태워 그 재를 물에 타서 마시면 그 단어들을 다 외우게 된다는 전설 같지 않은 전설이 있었다. 지금 생각하면 황당하기 짝이 없지만, 그 당시엔 꽤나 진지한 유머에 속했다. 그만큼 암기에 매달렸던 것이다.

그럴 경우 책에 담긴 내용들은 분석과 비판의 대상이 된다. 지식과 정보를 잘게 쪼개서 원소화하는 것, 그것이 분석이다. 그렇게 쪼개진 것들은 다시 위계화된다. 주제가 뭐야? 소재가 뭐지? 가장 중요한 키워드는? 두괄식인가? 미괄식인가? 등등. 시의 경우도 다르지 않다. 시는 리듬과 운율이 핵심이건만 현대 자유시에 오면 시에서조차 '음소거'가 일어난다. 시는 단지 주제와 비유, 소재와 의미 등으로 분할된다. 그 순간 산문의 하류로 전락해 버린다. 병리학이 신체를 해부하듯 모든 텍스트들은 잘게 쪼개지면서 동시에 비판의 대상이 된다. 의미가 균질화되지 않으면 논리적 모순이라고, 논리가 정연하면 정서적으로 너무 메마르다고, 주류적 척도에 맞으면 실험정신이 없다고, 척도를 벗어나면 위험하고 불온하다고…… 기타 등등. 비판이 지성의 척도가 되면서 비판 자체를 즐기는 경향도 생겨났다. 그와 더불어 텍스트의 특이성을 즐기고 음미하는 건 독서의 영역에서 축출되어 버렸다. 책이 지니는 다양한 잠재력에 대해서는 아예 눈치조차 채지 못한다. 그 안에 흐르는 리듬과 파동에 대해서야 뭐 말할 나위도 없고.

그래서 암기는 주입식이 될 수밖에 없다. 이미 해석과 결론이 정해져 있는데 어떻게 독창적으로 사유한단 말인가? 상상력과 창조, 독창성은 텍스트에 수많은 가능성과 길이 있다고 전제해야 비로소 가능하다. 돌연한 우발성, 예기치 못한 출현 등이 없는 창조나 상상력은 허구다.

그런 텍스트는 연암이 말한 것처럼 서리고 엉긴 소리들이다. 음을 소거한다고 소리 자체가 사라지는 건 아니다. 펼쳐지지 못한 소리는 울결된다. 그 울결된 소리를 꾸역꾸역 삼키는 것, 그것이 곧 암기다. 그 대가는 가혹하다. 일단 아무리 많은 것을 왼다 해도, 그 지식과 정보를 자신의 삶에 절대 활용할 수 없다. 더욱 치명적인 건 앎의 즐거움을 조금도 향유하지 못한다는 사실이다. 이런! 암기의 현장을 한번 상상해 보라. 오직 정보로 환원된 내용들을 머리에 주입한다. 그 말들이 지닌 느낌, 이미지, 청각 등은 사라지고, 건

조하기 짝이 없는 주제와 의미들을 음소거 상태에서 집어넣기 바쁘다. 즐거움도 느낌도 없다. 많이, 더 많이 집어넣을 뿐! 그야말로 '소리 없는 아우성'이 따로 없다. 그래서 암기는 하면 할수록 신체는 허약해지고 사고는 우울해진다.

3-4.
낭독의 추억 1—『춘향전』

대학 4학년 때 우연히 고전문학 강독 수업을 듣게 되었다. 전혀 생각지도 못한 일인데, 어쩌다 보니 그렇게 되었다. 수업 교재는 조선 시대를 대표하는 고전소설이었다. 한글로 되어 있긴 했지만 외국어보다 더 난감했다. 중세고어인 데다 위에서 아래로, 오른쪽에서 왼쪽으로 글씨들이 빼곡하게 차 있었다. 띄어쓰기나 쉼표, 마침표 따위는 일절 없었다. 오, 맙소사! 이걸 대체 어떻게 읽는단 말인가? 게다가 단어나 문장도 낯설기 짝이 없었다.

그런데 반전이 일어났다. 선생님은 수업시간에 학생들에게 강독을 시키셨다. 큰 소리로 읽게 하신 것이다. 일단 소리 내어 읽자 뜻이 파악되었다. 허~ 이럴 수가! 눈으로는 도무지 뭐가 뭔지 모르겠는데, 소리 내어 읽으니까 맥락이랑 의미가 다 잡혔다. 띄어

쓰기가 없어도 괜찮았다. 읽다 보면 목소리가 알아서 띄어 읽고 마침표를 찍었다. 아, 이게 모국어라는 거구나! 몸에 새겨진 언어의 리듬! 그 맛이 참으로 쏠쏠했다. 남들이 읽을 때는 귀가, 내가 읽을 때는 혀가.

낭독의 힘과 매력을 발견한 첫경험이었다. 고등학교 시절은 3년 내내 입시지옥을 통과하느라 낭독은 고사하고 독서 자체도 금기시되었다. 대학에 와서도 그다지 공부의 즐거움을 누리지 못했는데, 4학년 때 엉뚱하게 우리 고전에서 그 기쁨을 맛보게 된 것이다. 나는 곧 그 수업에 빠져들었다. 『춘향전』을 늘 손에 들고 다니면서 틈틈이 소리 내어 읽었다. 그 소리의 파동 때문이었을까. 마침내 전공을 한국고전문학으로 바꾸었다. 동시에 내 인생도 180도 대전환을 맞이하게 되었다. 고전평론가가 된 것도, 지금 내가 이 글을 쓰게 된 것도 그 연원을 따라가다 보면 그때 그 순간, 바로 낭독의 현장이 존재한다.

독자 여러분도 한번 소리 내어 읽어 보시라. 기분이 우울한 이들은 명랑해질 것이고, 기분이 들뜬 이들은 오히려 차분해질 것이다. 『춘향전』의 대표적인 아리아 '사랑가' 대목이다.

여봐라 춘향아 저리 가거라. 가는 태도를 보자. 이

만큼 오너라. 오는 태도를 보자. 방긋 웃고 아장아장 걸어라. 걷는 태도 보자. 너와 내가 만난 사랑 연분을 팔자 한들 팔 곳이 어디 있나. 생전 사랑 이러하니 어찌 사후에 기약 없을쏘냐. 너는 죽어 될 것 있다. 너는 죽어 글자 되되 땅 지地 자, 그늘 음陰 자, 아내 처妻 자, 계집 녀女 자 변이 되고, 나는 죽어 글자 되되 하늘 천天 자, 하늘 건乾, 지아비 부夫, 사내 남男, 아들 자子 몸이 되어, 계집 녀女 변에다 딱 붙여 좋을 호好 자로 만나 보자. 사랑 사랑 내 사랑.

또 너 죽어 될 것 있다. 너는 죽어 물이 되되 은하수, 폭포수, 만경창해수, 청계수, 옥계수, 일대 장강 던져 두고 칠 년 대한 가물 때도 항상 넉넉하게 흐르는 음양수陰陽水란 물이 되고, 나는 죽어 새가 되되 두견새도 되지 말고, 요지일월 청조靑鳥, 청학, 백학이며, 대붕조 그런 새가 되지 말고, 쌍쌍이 오가며 떠날 줄 모르는 원앙조란 새가 되어 녹수의 원앙처럼 어화둥둥 떠놀거든 나인 줄 알려무나. 사랑 사랑 내 간간 내 사랑이야.

조선 시대만 해도 낭독은 아주 일반적인 방법이었다. 저잣거리에서 많은 사람들 앞에서 책을 읽어 주는 강독사라는 직업이 있을 정도였으니 말이다. 소리는 다중多衆을 동반한다. 하여, 책을 다양하게 체험하게 해준다. 뜻을 몰라도, 개념이 어려워도 상관없다. 위에서 보듯 『춘향전』을 비롯한 판소리계 소설들에는 엄청난 주석을 필요로 하는 고사성어들이 쏟아진다. 하지만 걱정할 필요 없다. 소리와 진동을 타면 귀에 쏙쏙 들어온다. 말이란 맥락으로 전달되는 것이지 개별적 단어와 숙어로 존재하지 않기 때문이다. 또 하나, 귀가 열리면 혀도 굴러간다. 이 책 1부의 '귀동냥과 말잔치' 대목에서 이미 밝혔듯이, 잘 듣는 이들이 말도 잘한다. 이야기꾼들이란 귀가 뚫린 이들이기도 하다. 온갖 인정물태를 주워 담을 수 있는 능력, 그게 가능하면 그 내용들을 자기식으로 버무리는 혀도 가능하다.

그래서인가. 『춘향전』뿐 아니라 판소리계 소설들에 등장하는 인물들은 하나같이 입담이 장난 아니다. 『심청전』의 심봉사, 『토끼전』의 토끼, 『흥보전』의 흥보, 『변강쇠전』의 옹녀, 이들은 정말 입담 하나로 먹고산다. 삶이 아무리 절망적이어도, 목숨이 위태로워도, 가난이 뼈에 사무쳐도, 성욕의 무한질주 속에서도 이들은 거뜬히 살아낸다. 절망하지도 않고 기가 죽거나 자신을 한탄하지도 않는다. 그 밑천과 원천은 어디까지나 '말의 힘'이다.

하여, 책을 읽는다는 건 이런 '말의 기예'를 터득하는 과정이기도 하다. 주제를 파악하고 교훈을 얻기 위해서가 아니라 말의 흐름에 접속하여 그 기운을 훔치기 위해 책을 읽어야 한다. 크고 낭랑한 목소리로.

3-5.
낭독의 추억 2—『허클베리 핀의 모험』

『춘향전』이 낭독에 대한 최초의 추억이라면, 가장 최근에 경험한 낭독의 추억은 다름 아닌 『허클베리 핀의 모험』이다. 허클베리 핀은 톰 소여의 친구다. 보통 허크라고 부른다. 우리에게 널리 알려져 있는 『톰 소여의 모험』에 조연으로 등장했는데, 저자인 마크 트웨인이 아예 그 꼬마를 주인공으로 삼아 다시 작품을 썼다. 『톰 소여의 모험』은 청소년 소설로 분류되지만, 『허클베리 핀의 모험』은 미국소설사의 최고봉으로 손꼽히는 명작이다. 지금으로부터 약 30여 년 전, 그러니까 대학 1학년 시절 우연한 기회에 '허크의 모험'을 읽었는데, 지금도 그 장면들이 생생할 정도로 큰 감동을 받았다.

최근 여행기 고전('로드 클래식')을 섭렵하는 세미나를 열면서 30여 년 만에 다시 허크를 만나게 되었다. 책을 다시 구입했더니, 제목이 『주석 달린 허클베리 핀』으로 바뀌었다. 마크 트웨인 사후 100주년을 기려 특별히 발간된 버전이었다. 제목도 압도적일뿐더러 사이즈도 46배판에 940여 페이지에 달했다. 한마디로 '거물'이 된 것이다. 게다가 무려 230여 쪽이 해설이고, 본문에 들어가면 책 내용보다 더 방대한 주석이 양 옆으로 달려 있다. 헉! 이 정도로 대작일 줄이야.

그런데 해설을 보면 아주 흥미로운 대목이 등장한다. 저자인 마크 트웨인이 이 작품을 쓰고 나서 미국 곳곳을 순회하면서 낭독회를 열었다는 것이다. 그중 몇 대목만 소개한다.

청중은, 특히 여자와 아이들은 그를 좋아했다. "우와, 이모! 우와, 이모!" 어느 꼬마는 이렇게 말했다. "버펄로 빌 쇼보다 훨씬 재미있어요!" 백인은 물론이고 흑인도 강연장을 가득 메웠다. (……) 서부 출신의 작가 햄린 갈란드는 그 당시에 '무대 연기'를 배우는 학생으로서, 운 좋게도 11월에 보스턴의 뮤직홀에서 열린 낭독회를 관람했다. "트웨인은 무대 위에서 평온한 표정에 자연스러운 행동을 구사해 관객들을 편안하게 만들었다." 그는 공책에

적어두었다. "그의 목소리는 유연하고 훌륭한 음역을 지녔다. 매우 낮은 음도 손쉽게 구사할 수 있다. 자신이 쓴 가장 근사한 인물들을 신경질적이고, 건조하고, '격앙된' 목소리로 읽어 댄다. 장난기 넘치는 위트에다가, 그는 종종 마른기침을 하는 버릇이 있다. 한 손을 머리카락 속에 파묻고 움켜쥐곤 한다. 미소는 전혀 흔적도 없다. 탁월한 웅변가이기도 하다. 가끔 깊은 한숨을 쉬는데, 저항할 수 없을 만큼 우스운 효과를 자아낸다. (……) 결국 누가 보더라도 그 본인은 결코 재미있는 사람이라고 할 수가 없는데도 말이다."(마크 트웨인, 『주석 달린 허클베리 핀』, 마이클 패트릭 히언 주석, 박중서 옮김, 현대문학, 2010, 69~70쪽)

때는 1884년 11월 21일, 장소는 보스턴. 지금으로부터 불과 150여 년 전의 일이다. 이때만 해도 사람들은 책을 소리로, 다양한 몸짓으로 즐겼다. 저 무대 위의 열기를 보라! 다른 기록을 보면, 사람들은 마크 트웨인을 향해 손바닥이 아프고 다리가 저릴 때까지 기립박수를 보내기도 했다.

책과 소리는 이렇듯 분리될 수 없는 한몸이었다. 이것은 내 개인의 추억이 아니라 인류 공통의 추억이다. 이때는 바야흐로 인쇄술의 발달로 책이 상당히 보급된 시대였음에도 이렇게 장기간에 걸친 낭독회를 열었던 것이다. 독자들로서도 귀를 열고 듣는 것이 눈으로 의미를 따라가는 것보다 훨씬 더 좋았을 것이다. 혼자 줄거리와 주제를 곱씹기보다 여러 사람들과 함께 감응을 나누고 싶었을 것이다. 무대를 채우는 건 저자의 목소리뿐이었음에도 어린아이들조차 '버팔로 빌 쇼'보다 더 재미있다고 하지 않는가(이런 전통 때문일까. 미국은 아직도 낭독문화가 보편적이다. 서점과 도서관, 교회와 학교 등에서는 물론이고 심지어 백악관에서도 수시로 낭독회가 열린다고 한다. 참여 계층도 작가에서 연예인, 정치가에 이르기까지 아주 폭넓다. 9·11테러로 맨해튼의 쌍둥이 빌딩이 화염에 휩싸일 당시, 부시 대통령이 플로리다의 한 초등학교에서『내 친구 염소』라는 책을 읽어 주고 있었다는 일화는 유명한 예다(이영준,『조선일보』2009년 1월 5일자 칼럼 참조).

그와 관련하여 현대인들이 예능에 몰두하고, <개그콘서트>(이하 개콘)에 열광하는 사실에 주목할 필요가 있다. 예능과 개콘에는 화려한 스펙터클이나 배우들이 없다. 그럼에도 그것이 대중문화의 대세가 된 건 기본적으로 말에 대한 욕구 때문이다. 하루에 꼭 섭취해야 할 물이 있듯이, 말과 소리에도 하루에 듣고, 해야 할 정량이 있다, 그걸 충족하지 못하면 에너지가 안에서 고이고 뭉친다. 노래방에서 고래고래 소리를 지르고 미친 듯이 춤을 춘다고 해소되는 게 아니다. 쇼가 없어도 살지만 이야기가 없이는 살 수가 없다. 전통사회에선 구비문학이 이런 역할을 담당했다. 농촌에 가 보면 할머니들은 거의 대부분 이야기꾼이다. 밭 갈면서 혹은 길쌈하면서 또 애 보면서 쉬지 않고 이야기를 주고받은 덕분이다. 그걸 요즘은 예능이 대신하고 있는 셈이다. 예능에서 하는 말들은 내용적으로 보자면 다소 허접스러운 수준이다. 일상적 수다 아니면 뒷담화가 대부분이다. 그걸 알면서도 수많은 사람들이 거기에 귀를 기울인다. 그나마라도 듣지 않으면 마음의 갈증 내지는 허기를 채울 수가 없기 때문이다. 예전 사람들이 심심하면 동네 사랑방으로 마실을 다니듯 지금 사람들은 예능을 보면서 하루를 마감하는 것이다. 사랑방에선 '주거니 받거니' 하는데, 예능은 '일방통행'이라는 점이 좀 서글프긴 하지만.

다른 한편, 개콘은 늘 새로운 언어를 만들어 낸다. "멘붕, 멘갑, 앙돼요~, 당황하지 않고~ 빡! 끝!" 등등. 시청자들은 개콘을 보면서 세태풍자도 즐기지만 더 근본적으로는 그 말들에 담긴 뉘앙스 자체를 즐긴다. 그 말들은 곧바로 소통의 메신저가 된다. 지인들끼리 주고받으면서 '말의 맛'을 즐기는 것이다. 그러고 보면 친구란 '말벗'이라는 뜻이기도 하다. 그러니 만약 개콘이 없다면 우리 일상의 말들은 얼마나 건조하고 궁핍할 것인가.

어차피 그럴 바에는 낭독의 추억을 되살릴 필요가 있다. 가족들끼리, 친구들끼리, 연인끼리, 하루에 한 번쯤 낭독의 시간을 가져 보라(미국에서는 '하루 15분 낭독' 캠페인을 벌이고 있기도 하다. www.readaloud. org). 아무 책이든, 아무 대목이든 상관없다. 일단 읽기 시작하면 자신만의 개성과 스타일을 살리게 되어 있다. 그 순간 책 속의 말과 문장들이 펄떡거리기 시작한다. 더 중요한 건 가족과 친구와 연인의 소리를 듣는 것이다. 아마 지금껏 전혀 생각지도 못한 매력을 발견하게 될 것이다. 따지고 보면 스타가 되는 조건도, 외모가 아니라 목소리에 달려 있다. 송강호, 한석규, 최민식, 류승룡, 하정우 등등. 우리 시대 최고의 배우들은 하나같이 목소리의 달인들이다. 상대적으로 외모가 중시되는 여배우들도 목소리 톤이 안 나오면 배우로서의 생명력은 미약해진다. 영화나 드라마의 캐스팅이 완료되면 가장 먼저 하는 작업이 '리딩'인 것도 그래서일 것이다.

보통 사람들의 경우도 크게 다르지 않다. 마음을

전달하는 데는 목소리만 한 게 없다. 그만큼 말과 소리의 잠재력은 상상 이상으로 크다. 그러니 어찌 매일매일 갈고닦지 않을 수 있으랴. '작은 낭독회'를 일상화하라는 건 이런 맥락이다. 그러면 굳이 예능이나 개콘을 보지 않아도 절로 수다의 향연이 펼쳐질 것이다. 말들이 이리저리 흘러다니면서 시내가 되고 강물이 되고 폭포를 이룰 것이다.

3-6.
낭독에서 낭송으로

"장소나 계급을 불문하고, 관객은 낭독회에 열렬한 반응을 보였다." "남부 관객을 대할 때면 누구나 정신 없이 웃어 댄다오." "우리 시에서도 가장 저명하고 가장 지적이고 교양있는 사람들을 포함한 모든 관중은 진심으로 즐거워했다. 그들은 지칠 줄 모르고 앙코르를 요청했고, 매번 낭독이 끝날 때마다 마크 트웨인의 이름을 연호했으며, 공연이 끝나고 나서도 그를 결코 놓아 주지 않으려는 기세였다."[트웨인, 『주석 달린 허클베리 핀』, 73~75쪽] 이런 증언들이 보여 주듯, 장소나 계급을 망라할 수 있는 것이 낭독회의 미덕이다. 묵독은 말할 것도 없고, 토론과 심포지엄 같은 형식으로는 결코 가능하지 않다. 그 경우, 오히려 계급이나 장소의 차별성이 더 부각된다. 대중과 지식인의 장벽이 두터워진 것도 이런 형식으로 인해서다.

그런데 낭독이 이렇게 현장성을 확보하게 되면, 그 때부터 자체적으로 진화하게 된다. 역시 마크 트웨인의 증언이다. "글로 쓴 것은 아무래도 연설용이 아니다." 그는 1907년에 이렇게 시인했다. "그 형식은 문학적이다. 입으로 말하기에는 아무래도 뻣뻣하고 유연하지가 못하다. 말이란 뭔가를 가르치기 위해서가 아니라, 그저 재미있기 위해서 하는 것이다. 그러니 매끄러우면서도 딱딱 끊어지고, 구어체이면서도 미리 준비되지 않은 일반적인 말의 형태가 되어야 한다. 그렇지 않으면 관객을 즐겁게 하기는커녕 오히려 지루하게 만든다."

묵독에선 의미파악이 주가 되지만, 낭독에선 관객과의 소통이 핵심이다. 리듬과 절도가 있어야 하고 구어적이면서도 유쾌해야 한다. 그러기 위해선? 텍스트로부터 떠나야 한다. "일주일이 채 지나기도 전에 그는 원고를 치워 버리고 모든 문장을 외워 버렸다." 이것이 낭송이다. 그 다음엔 어떻게 되는가? "연단에서 그 내용을 전하는 경우, 그 자체로 유연한 말이 되어 버려서, 본래의 거치적거리는 정확성이나 격식 같은 것은 영영 없어져 버리고 말았다."(트웨인, 『주석 달린 허클베리 핀』, 74쪽) 와우~! 소리가 텍스트를 바꿔 버린 것이다.

핵심은 외는 것이다. 다 외워야 낭송이 가능하다. 암기와 암송은 다르다. 암기가 음소거 상태에서 의미 단위로 텍스트를 먹어 치우는 것이라면, 암송은 소리로써 텍스트를 몸 안에 새기는 행위다. 앞에서 소리를 기억하는 건 뼈라고 했다. 그렇다. 뼈에 새기려면 외워야 한다. 다 왼 다음엔 텍스트를 버려도 된다. 즉, 텍스트를 기반으로 하되 궁극적으로 텍스트를 떠나는 것이다. 혹은 '떠나기 위해 텍스트를 죽도록 사랑하는 것'이라고 표현해도 좋다. 떠날 수 있으면, 다시 말해 텍스트 없이도 내 안에서 소리가 흘러나올 수 있으면, 이제 몸이 자유로워진다. 그러면 마크 트웨인처럼 무수한 변주가 가능하다. 연극적 재현도, 구성진 서사도, 유쾌한 입담도 얼마든지 가미할 수 있다. 하여, 낭독은 낭송으로 나아갈 수밖에 없다. 철학적으로 말하면, 낭송이란 존재의 탈영토화라 할 수도 있고, 존재가 또 하나의 텍스트로 탄생되는 과정이라고 할 수도 있다.

인류의 모든 경전은 다 낭송을 통해 전승되었다. 가톨릭의 기도문이나 불교의 반야심경, 유교의 사서 삼경 등을 떠올려 보라.

"만트라는 흔히 말하듯 반복에 의해서 그 힘이 길

러진다고 한다. 기억하도록 반복하고, 우리의 욕
망과 상념들을 잊기 위해 반복하고, 우리의 마음
의 본성을 깨우치기 위해 반복한다. 그렇게 천 번,
만 번 반복한다. 그때 비로소 만트라는 그의 온몸
의 세포와 뼈들을 진동시키고, 그의 온몸과 마음과
영혼에 공명을 일으킬 것이다. 그리고 마침내 그의
몸과 마음과 영혼을 변화시키고, 주위에 있는 다른
사람들의 영혼까지 변화시킬 것이다."(서정록, 『잃어버
린 지혜, 듣기』, 340쪽)

이런 원리는 비단 만트라에만 해당되지 않는다. 모
든 고전에 다 적용되는 사항이다. 어떤 고전이든 암
송하고 또 암송하면 욕망과 상념을 잊고 본성을 깨우
치게 된다. 온몸의 세포와 뼈들을 진동시키고 영혼에
공명을 일으킬 것이다.

조선 시대 선비들도 이런 식으로 독서를 했다. 소
리 내어 읽고 또 읽다 보면 책이 없어도 소리가 절로
나온다. 그러면 몸이 곧 책이 된다. 다음은 다산 정약
용의 간증(?)이다.

오로지 『주역』 한 책만을 책상 위에 두고 밤낮으로
마음을 가라앉혀 탐구했더니, 계해년(1803) 늦봄부

터는 눈으로 보는 것, 손으로 만지는 것, 입으로 읊
는 것, 마음으로 생각하는 것, 붓으로 베껴 쓰는 것
에서부터 밥상을 대하고 뒷간에 가고 손가락을 퉁
기고 배를 문지르는 것에 이르기까지 어느 하나
『주역』이 아닌 적이 없었다. 그리하여 그 이치를 환
히 깨달았다.(박희병 편역, 『선인들의 공부법』, 창비, 1998, 186쪽)

눈과 손, 입과 마음, 밥상과 뒷간, 손가락과 배까지
모두 『주역』과 혼융되어 버렸다. 텍스트와 존재의 간
극없는 일치! 이것이 낭송이 도달할 수 있는 최고 경
지다. 기질이 바뀌고 삶이 달라지는 건 말할 나위도
없다.

3-7.
낭송에는 경계가 없다!

현대인들은 낭송이라고 하면 아마 시 낭송이 먼저 떠오를 것이다. 낭송은 시처럼 짧고 감성적인 장르만 가능하다고 여기는 것이다. 물론 근거 없는 낭설이다. 낭송의 대상이 시에만 한정된다고 여기는 것 자체가 근대적 산물이다. 그리고 이럴 때 시는 대단히 서정적이고 감상적인 장르로 한정되어 버린다. 그래서 신변잡기식 수필류와 잘 구별되지 않는다. 은은한 음악이 깔리고 왠지 그럴 듯하지만 무슨 소린지 잘 알아먹을 수 없는 내용들을 읊조리는 그런 형식을 떠올리는 것이다. 단언컨대, 그것은 낭송의 진수가 아니다!

낭송에는 장르적 한계가 없다. 언어로 이루어진 것이면 뭐든 가능하다. 하지만 그중에서도 천지의 율려와 조응하는 텍스트라면 가장 좋다. 그래서 낭송에 가장 적합한 텍스트는 다름 아닌 동양고전이다. 동양 고전은 기본적으로 자연과 인생의 이치에 대한 탐구이다. 그야말로 로고스의 향연이다. 그러니 그 소리의 파동과 에너지를 뼈에 새겨야 하지 않겠는가. 한시나 시조, 가사, 판소리 등은 애시당초 운문이라 더 말할 것도 없다.

낭송의 짝을 이루는 것이 구술이다. 낭송은 운율을 타고, 구술은 서사의 리듬을 탄다. 구술, 하면 또 구연동화를 주로 떠올릴 테지만, 그 또한 오해다. 인류는 오랫동안 구술문화를 계승해 왔다. 서양의 대표적 고전인 『일리아드』·『오디세이』를 비롯하여 모든 부족의 신화와 전설 등은 다 구술을 통해 계승되었다. 구술을 하려면 당연히 낭송을 곁들여야 하고 그러기 위해선 텍스트 전부를 암송해야 했다. 어디 그뿐인가. 그리스-로마 시대의 심포지엄, 티베트불교에서 하는 논단이나 변론술 등에서 보듯, 인류의 지혜는 대부분 낭송과 구술의 형식으로 전파되었다.

한마디로 문자와 소리의 경계가 모호했던 것이다. 『이븐 바투타 여행기』나 『대당서역기』처럼 구술을 통해 기록되었다고 하는 고전이 적지 않은 것도 그 때문이다. 우리로선 잘 감이 안 오지만 이런 시대에는 "저자가 혼자서 중얼거려 가며 쓰거나, 필경사에게 구술하여 쓰게 하거나, 또는 친구들에게 읽어 주며 쓰거나 했다. 이런 관행은 본질적으로 듣게 하기 위한 작품을 쓰는 데 기여했다".[로제 샤르티에 외 엮음, 『읽는다는 것의 역사』, 126쪽] 그렇게 낭송과 구술이 서로 넘나들게 되면 어떤 장르도 다 포괄할 수 있다. 운문이건 산문이건, 철학책이건 물리학 책이건. 또 낭송은 언제나 집합적으로 이루어지기 때문에 구술을 넘어 연극이나 시트콤의 형식을 취하기도 한다. 이것도 지극히 자연스럽게 이루어진다. 특별한 재능이나 끼가 없어도 팀을 짜서 낭송대회를 열다 보면 저절로 갖가지 표현형식이 생겨나는 것이다.

낭송법은 학교교육에서도 얼마든지 활용할 수 있다. 우리 공동체 학인 가운데 중학교 선생님이 있다. 이 선생님은 매일 아침 조회시간에는 박노해 시집 『그러니 그대 사라지지 말아라』를, 종례시간엔 「보왕삼매론」寶王三昧論이라는 수행지침서를 낭송한다고 한다. 요즘 아이들이 워낙 소극적이라 잘될까 싶었는데, 계속하다 보니 아이들 목소리가 달라졌단다. 아이들의 몸이 텍스트에 담긴 소리들과 점차 감응하게 된 것이다. 그래서 지금은 다른 수업에도 적극 시도할 뿐 아니라 얼마 전에는 여러 학급이 참여하는 낭송오디션도 열었다고 한다.

그렇다. 일단 마음만 먹으면 방법은 아주 많다. 예를 들면, 어떤 수업이든 한 십 분 정도는 그날의 진도에 해당하는 내용을 함께 읽으면서 시작하는 것이다. 분단별로 나누어서 읽어도 좋고, 돌림창처럼 좀 시끌벅적하게 읽어도 좋다. 특히 시는 암송을 시키는 것이 좋다. 시를 암송하는 즐거움을 누릴 수 있다면 그것만으로도 문학교육의 절반은 이루어진 셈이다. 소설이나 에세이, 또 철학도 마찬가지다. 그거야말로 인생에 꼭 필요한 말씀들인데 당연히 뼈에 새겨야 하지 않을까. 수학이나 과학에도 도전해 보라. 이차함수, 삼차방정식, 미분·적분, 수열과 로그를 소리 내어 읊조려 보라. 또 그 풀이과정을 이야기의 형식으로 표현해 보라. 수의 원리와 접속하는 짜릿함을 느낄 수 있을 것이다. 그게 아니라 해도 최소한 수학에 대한 친밀감은 느낄 수 있다.

생물학이나 물리학 역시 그러하다. 원리나 법칙은 추상적 박제품이 아니다. 이 시공간 속에서 실제로 작동하는 것이다. 우리의 몸도 그 법칙의 작용 하에서 생성소멸을 반복한다. 따라서 그것들은 달달 외운 뒤 시험이 끝나면 폐기처분해야 하는 스팸이 아니라 살아가기 위해선 몸으로 깨우치고 감응해야 하는 이치들이다. 소리 내어 읊조리고 이야기로 재현할 수 있다면 그보다 더 알찬 공부(혹은 놀이)가 있을까.

국경을 넘는 데도 낭송은 필수적이다. 외국어를 공부하는 데도 암송보다 더 좋은 방법은 없다. 외국어를 묵독으로 하는 것처럼 괴로운 일도 없다. 게다가 그렇게 배운 외국어는 한마디도 써먹을 수가 없다. 중요한 건 소리와 악센트로 익혀야 한다는 것. 각국의 언어들은 고유한 주파수 패턴을 갖고 있다고 한다. 해서, 외국어를 배우려면 그 외국어의 주파수와 공명해야 한다. 그런 점에서 외국어를 배운다는 건 신체의 변용을 의미한다. 그것을 가능하게 하는 것은 역시 소리의 힘이다.

3-8.
낭송과 우정

앙리 장 마르탱은 청중 앞에서 읽는 관행은 "로마
인들의 위대한 관습"이라고 했다. 문학작품 '소개'
자체가 '낭독'recitationes이라는 집단적인 의식을 통
해 행하여졌다. (……) 사적인 공간에서는 절친한
사람끼리 행하는 개인적인 독서 외에 강사나 노
예 또는 해방된 자유민에 의한 독서도 보급되었다.
(……) 아우구스투스 황제에게도 전속 낭독자가 있
었다. 일반적으로 그들은 책을 읽을 수 있으면서도
다른 사람에게 낭독하게 한 것으로 보인다. 저택에
서 회합하거나 특히 연회를 열 때 '낭독자'가 책을
낭독했다는 여러 증언이 있다. 심지어 저자가 친구
들을 초청하여 자기가 최근에 쓴 작품의 '시연試演
낭독회'를 열었다는 기록도 있다. 이 같은 낭독은
우정을 다지고 새로운 관계를 만드는 데, 교양 있

는 엘리트의 습관을 지속시키는 데 기여했다.(로제 샤르티에 외 엮음, 『읽는다는 것의 역사』, 128쪽)

그렇다. 위의 예에서 보듯, 소리는 고독하지 않다. 소리는 또 다른 소리를 부른다. 하여, 낭송은 그 자체로 집합적 속성을 지닌다. 광장에서 거실에서 연회장에서 혹은 살롱에서 사람들이 모이는 곳이면 어디서건 다 가능하다. 요즘 같으면 캠핑장에서 하는 것도 좋을 것이다. 물 좋고 공기 좋은 곳에서 야영을 하는 것이 유행이라는데, 그런 곳에서 가족끼리 친구끼리 고전의 구절들을 큰 소리로 토해 낼 수 있다면 말 그대로 '힐링캠프'가 되지 않을까. 릴레이 형식으로 해도 좋고, 상품을 걸고 오디션을 펼쳐도 좋다. 솔로는 물론이고, 커플로 해도 좋고, 패밀리 단위로 해도 좋다. 노래방 음악을 틀어놓거나 시끄러운 클럽음악에 맞춰 밤새 음주가무를 즐기는 것보다 훨씬 재미있다(고 단언한다^^). 기껏 물 좋고 공기 좋은 데 가선 대기를 오염시키는 짓만 해서야 되겠는가. 낭송을 마친 다음엔 그걸 바탕으로 '쩐'하게 토론을 하거나 허심탄회하게 '인생극장'을 열어도 좋으리라. 아마 그 하룻밤만으로도 정신의 근육은 한뼘 이상 자랄 것이고, 서로간의 친밀감과 의리 역시 한결 깊어질 것이다.

그래서 낭송은 우정의 기술이기도 하다. 낭송을 하려면 친구를 만나야 하고, 또 반대로 우정을 나누고 싶으면 낭송을 하면 된다. 우리 시대에 있어 우정만큼 소중한 윤리도 없다. 20세기 이래 인간관계의 중심은 핵가족이었다. 하지만 이젠 그마저도 더 작은 단위로 쪼개지고 있다. 1인가구, 독거노인, 고독사 등은 어느덧 익숙한 낱말이 되었다. 통계에 따르면, 조만간 1인가구가 4인가구를 넘어설 전망이란다. 그만큼 가족의 해체가 가속화되고 있다는 뜻이다. 그러므로 앞으로는 이렇게 쪼개진 개인들이 어떻게 다시 관계의 장을 만들어 갈 것인가가 정치경제학적 핵심과제가 될 것이다. 그런 점에서 우정이라는 윤리가 어느 때보다도 절실해지고 있다.

사람은 결코 홀로 살아갈 수 없다. 생리적 원리상 그게 불가능하기 때문이다. 우리의 몸은 끊임없이 외부와 소통해야 한다. 그래야 살아 있다고 느낀다. 하여, 어떤 식으로든 인연을 짓고 관계를 맺어야 한다. 인연과 관계, 그것이 곧 삶이다! 그래서 범사회적 차원에서 우정의 기술을 모색해야 한다. 모든 윤리가 그렇지만 우정도 훈련이 필요하다. 친절과 배려, 사랑과 믿음 등의 구호만으론 절대 불가능하다. '사랑해, 미안해, 고마워' 등의 말들은 이미 너무 진부해졌다. 또 너무 상품화되어 버렸다. 그런 말들로 우정을 나누기는 틀렸다는 뜻이다. 함께하는 활동이 있어야 하고, 그 안에서 삶에 대한 탐구가 수반되어야 한다. 그럴 때만이 우정을 나눌 수 있고, 또 우정을 훈련할 수 있다. 그래서 낭송이 좋다는 것이다. 낭송을 하려면 일단 '책의 세계'와 접속해야 한다. 시험과 자격증을 위한 것이 아니라면, 책이야말로 우정의 전령사다. 그럴 때, 책은 세대·계급·학벌 등의 경계를 타파한다. 앎에의 의지와 열정이면 충분하다. 그냥 묵독과 토론 중심으로 하는 것도 나쁘진 않지만 앞에서 짚어보았듯이 거기에는 여러 가지 한계가 있다. 분석과 비판만으론 신체적 교감을 누리기가 쉽지 않다. 텍스트와도 그렇고 함께하는 동료들과도 그렇다. 이 한계를 돌파시켜 주는 것이 낭송이다.

그러기 위해선 일단 통념을 깨야 한다. 가족들은 왜 매일 똑같은 말만 주고받는가? 하루에 한 구절이라도 고전을 낭송할 수 있으면 좋지 않을까? 얼마 전에 나온 신문기사에 따르면 스마트폰 혁명의 주역인 스티브 잡스는 자기 아이들한테는 인터넷이나 아이패드를 쓰지 못하게 했고, 대신 매일 저녁 식탁에서 책을 읽고 이야기를 나누었다고 한다. 왜? 그것이 삶을 훨씬 윤택하게 해주니까. 연인끼리도 마찬가지다.

늘상 비슷한 말만 주고받지 말고 서로 고전의 구절들을 들려줄 수 있으면 훨씬 '매혹적인' 존재들이 될 것이다. 그런가 하면, 우리나라 직장인들의 회식에선 왜 낭송이 불가능한가? 오직 술과 노래, 섹스의 삼종 세트를 반복해야 하는가? 앞의 예에서 보듯, 예전에는 파티장에서도 낭독을 했고, 친구들을 불러 일부러 낭송파티를 열기도 하지 않았는가? 또 생일파티나 결혼식도 그렇다. 화려하고 럭셔리한 물량공세만 생각할 뿐 그 공간을 고매한 말과 소리로 채울 생각은 하지 않는다. 친구의 생일파티에 가서, 혹은 직장 동료의 결혼식장에 갔다가 니체나 스피노자, 공자나 연암 박지원의 문장을 듣게 된다면 그야말로 최고의 선물이 되지 않을까. 그런 경험을 하게 되면 분명 그 친구나 동료를 대하는 태도가 달라지게 될 것이다. 우정을 나눌 준비가 된 것이다. 그게 바로 신체와 소리의 힘이다.

실제로 나는 그것을 지난 십여 년 동안 현장에서 확인한 바 있다. 내가 속한 공동체는 인문의역학연구소 '감이당'(www.gamidang.com)이다. 감坎은 주역 8괘 가운데 감괘를 뜻하는 것으로 '물'을 의미한다. 물은 생명과 지혜의 원천이다. 인문학과 의역학의 융합을 통해 몸·삶·글의 일치를 기획하는 곳이라고 생각하면 된다. 공부의 기본은 역시 몸이다. 그래서 모든 수업은 암송으로 시작하고 학기말에는 항상 조별로 '낭송오디션'을 연다. 연말에는 공동체 전체가 참여하는 낭송페스티벌을 열기도 한다. 이때는 무대가 아주 풍성하다. 노래와 액션, 구술과 연극이 가미되면서 한바탕 축제가 된다. 감이당의 연령은 10대에서 6080세대까지 아주 다채롭다. 이 다양한 세대가 어우러져 고전의 향연을 펼치는 장면은 참으로 장관이다. 책이 곧 축제!라는 것을 실감하게 되는 순간이다.

이런 축제를 거치고 나면 다들 친구가 된다. '북 book-소리'의 파동 속에서 서로가 연결되어 있음을 실감하기 때문이다. 솔직히 로고스가 아니라면 이런 우정이 어떻게 가능할까. 자본주의는 모든 관계를 거래로 환원한다. 그래서 끊임없이 서로를 불신한다. 그렇게 서로를 밀어내고는 또 고립과 외로움에 몸부림친다. 이런 식의 악순환에서 벗어나려면 로고스에 접속하라! 그것은 결코 교환과 거래로 환원되지 않는다. 교환과 거래가 증발되면 신체가 릴랙~스된다. 그 유연성이 우정의 토대다. 그때 비로소 귀를 열고 마음을 열게 된다. 그러니 낭송이야말로 우정을 나누는 최고의 기술임에 틀림없다.

4부

낭송,
최고의
양생술

4-1.
휴(休)테크?

언제부턴가 인문학이 붐을 일으키면서 강의무대도 다양해졌다. 주부에서 학생, 노인은 물론이고 공무원과 기업 연수에다 CEO인문학까지. 주제도 각양각색이다. 한데, 어느 날 한 단체에서 강의요청을 받았는데, 주제가 휴(休)테크란다. 휴테크? 순간 당황했다. 생소하기도 하고 호기심도 일었다. 이런 단어조합도 가능한가? 이 말은 일종의 형용모순이다. 휴식이란 보통 테크놀로지로부터 벗어나는 걸 의미한다는 점에서 말이다.

덕분에 '휴식이란 무엇인가?'를 깊이 탐구할 수 있게 되었다. 의역학적으로 볼 때, 일 년이 사계절이듯, 하루도 봄·여름·가을·겨울로 이루어져 있다. 새벽 3시 반에서 아침 9시 반까지가 봄, 9시 반에서 오후 3시 반까지가 여름, 3시 반에서 저녁 9시 반까지가 가을, 9시 반에서 새벽 3시 반까지가 겨울이다. 봄과 여름엔 활동을 펼치고 가을과 겨울엔 수렴한다. 이것이 우주의 대섭리다. 사찰이나 수도원 등 영성공동체들은 아직도 이 리듬을 그대로 지키고 있다. 새벽 3시 반쯤 일어나고 저녁 9시 반쯤 잠든다. 신체적으로나 윤리적으로나 가장 자연스럽고 고귀한 리듬임에 틀림없다.

하지만 도시인들이 이런 스텝을 밟기는 어렵다. 하여, 24시간을 대강 세 등분으로 나누어, 8시간은 노동을 하고 8시간은 잠을 잔다고 치자. 그러면 남는 시간이 8시간이다. 이 시간 동안에 친교를 나누고 뭔가를 배운다. 자, 그럼 이 가운데 휴식은 어느 영역일까? 잠이 휴식인 건 말할 나위도 없다. 그 다음, 노동을 하지 않는 8시간 가운데 반 정도는 친교를 나눈다면 나머지 반은 자신과 대화를 나누는 시간이다. 이것을 일러 성찰이라고 한다. 성찰이란 뭐가 됐건 자신으로 귀결되어야 한다. 일찍이 나쓰메 소세키가 말한 바대로, "대개 인간의 연구란 자신을 연구하는 것이다. 천지가 됐든, 산천이 됐든, 일월이 됐든, 성신이 됐든 모두 자기의 딴 이름에 지나지 않는 것이다".[나쓰메 소세키, 『나는 고양이로소이다』, 진영화 옮김, 책만드는 집, 2011, 352쪽]

다시 정리해 보면, 하루의 절반은 노동과 친교로, 나머지 절반은 성찰과 수면으로 이루어지는 셈이다. 그렇다면 휴식은 당연히 후자다. 잠들지 못하는 영혼처럼 괴로운 일이 있는가. 그것은 노동할 때보다 더 고역이다. 불면증을 병으로 취급하는 것도 그 때문이다. 잠을 제대로 자지 못하면 몸의 기운이 탁해진다. 그런 상태로 노동을 하면 어떻게 될까? 스트레스 지수가 더더욱 높아진다. 또 그런 사람이 친교를 나눈다면? 소통이 될 리가 없다. 해서, 친교라기보다는 쾌락 위주의 만남을 하게 된다. 술, 노래방, 게임, 섹스 등. 미리 말하지만 쾌락은 절대 휴식이 아니다. 유형에 상관없이 호흡이 과격해지기 때문이다. 이 지점에서 꼭 환기해야 할 사항은 쾌락이냐 휴식이냐를 결정하는 기준은 호흡과 유연성이라는 사실이다. 숨이 거칠어지면 세포가 강직된다. 노동을 할 때는 어느 정도 감수해야 하는 사항이다. 그럴 때 스트레스는 긴장을 통해 몸을 단련하고 활기를 불어넣는 기능을 한다. 문제는 그 강도가 지나쳐 심하게 억압을 느끼게 되는 경우다. 그러면 오장육부의 공명상태가 깨지면서 각개약진을 하게 된다. 거기에서 질병과 번뇌가 싹튼다.

　그렇다면 휴식의 정의는 간단하다. 숨결이 고르게 되고 근육이 부드러워지는 것, 오장육부의 기운이 매

끄럽게 순환하는 것, 이런 활동을 일러 휴식이라 한
다. 수면이 최고의 휴식인 건 이런 원리에서다. 솔직
히 잠만 푹 자도 건강을 유지할 수 있다. 노동과 휴식
은 낮과 밤, 문명과 자연의 교차에 조응한다. 그러므
로 잠을 자는 것 자체가 내 안의 자연과 교감하는 길
이다. 그러니 잠을 제대로 못 자면서 에콜로지를 구
현하기란 불가능하다. 친교와 성찰 역시 마찬가지다.
호흡이 거칠어지지 않아야 하고, 내 안의 자연을 일
깨울 수 있어야 한다.

  그래서 낭송이 가장 좋다. 반야심경이나 주기도문,
성당의 미사문 등이 다 묵독이 아니라 낭송을 위주로
하는 이유가 여기에 있다. 그 경전들을 낭송하면서
그 의미를 분석하고 비판하는 이는 없으리라. 소리의
울림만으로도 몸과 마음이 평온해지는 것을 느끼기
때문이다. 그리고 그 상태가 곧 영성이다.

  같은 이치로 고전을 낭송함으로써 내 몸과 우주가
감응하게 하는 것, 이보다 더 좋은 휴식이 있을까. 여
기서도 핵심은 내용이 아니라 소리와 파동이다. 과학
자들에 따르면, 대기권에는 평균 7헤르츠에서 10헤
르츠 사이의 주파수대의 공명이 유지된다고 한다. 이
른바 '슈만공명'이 이것인데, 놀라운 건 "이러한 슈만
공명의 주파수가 인간의 뇌파의 평균 주파수와 정확

히 일치한다는 사실이다".(서정록, 『잃어버린 지혜, 듣기』, 173
쪽) 이런 주파수를 가진 책들이 바로 고전이다. 하여,
모든 고전은 낭송을 염원한다.

물론 고전은 그 자체로 불면증 치료엔 최고다. 고
전을 읽으면 누구라도 졸음이 쏟아지게 되어 있
다.(우울증 환자들에겐 『열하일기』를, 불면증엔 『목민심
서』를 권한다. 『열하일기』의 명랑한 기운이 우울증을 날
려 줄 것이고, 『목민심서』의 '박람강기'博覽强記는 곧바로
깊은 잠에 빠져들게 할 것이다.^^) 그러니 길게 할 수도
없지만 길게 하지 않아도 괜찮다. 아주 짧은 시간이
라도 자신을 위한 성찰의 시간을 할애하고 그 시간에
고전의 소리와 접속해 보라. 그러면 노동으로 거칠어
진 호흡을 가다듬을 수 있고, 태평하게 잠들 수 있다.
그런 잠은 우리 몸을 정화시켜 준다. 그 과정에서 노
동의 소외를 극복하는 길도 분명 열릴 것이다. 아울
러 친교와 소통의 새로운 길도 얼마든지 가능하다.

그렇게 되면 노동과 수면, 친교와 성찰을 나눌 필
요가 없이 그저 '삶이 있을 뿐'인 경지가 된다. 만약
'휴休테크'라는 말이 휴식조차 상품으로 만들고자 하
는 것이 아니라면, 이렇게 몸과 우주의 원리에 기반
하여 삶의 새로운 리듬을 창안해 내는 '휴식의 인문
학'으로 변환되어야 하지 않을까.

4-2.
초조해하는 것은 죄다!

에이, 뭘 그렇게 복잡하게 생각해? 그리고 그게 무슨 휴식이야? 일단 스트레스가 확 풀려야지. 보통은 이렇게 생각할 것이다. 그러니까 현대인들에게 휴식은 노동할 때보다 더 에너제틱한 행동을 의미한다. 고래고래 질러 대는 노래나 격렬한 댄스 아니면 폭탄주, 혹은 화려한 해외유람 아니면 럭셔리한 쇼핑 등등. 하지만 그건 결단코 휴식이 아니다. 도덕적 차원이 아니라 양생적 차원에서 하는 소리다. 노동할 때보다 더 에너지가 많이 소비되는데 어떻게 휴식일 수 있는가. 거듭 말하지만, 휴식은 무엇보다 호흡이 평온해져야 한다.

그런데 어찌된 일인지 우리 시대는 여가나 오락이 노동보다 더 격렬하다. 이렇게 무지막지한 '휴테크'가 어디 있단 말인가. 그래서 알게 되었다. 현대인에

게 가장 어려운 미션이 휴식이라는 것을. 현대인들
은 잘 쉬는 것, 푹 자는 것을 가장 어려워한다. 오죽하
면 우유주사 파동이 나왔겠는가. 사람이면 누구나 할
수 있는 일을 그렇게 어렵게, 비싼 값을 치르면서, 또
사회적 물의를 일으키면서 해야 하다니. 모순도 이
런 모순이 없다. 아닌 게 아니라 최고의 정규직 ─ 방
송국 피디나 기자, 은행원, 의사, 변호사 ─ 들은 엄
청난 스트레스에 시달린다. 노동강도가 워낙 센 탓이
다. 하지만 놀랍게도 퇴근 후에 집으로 돌아오지 않
는다, 아니 못한다. 밤거리를 헤매거나 술과 회식으
로 몸을 더더욱 혹사시킨다. 또 뒤늦은 귀가 이후에
도 쉽게 잠들지 못한다. 밤새 인터넷 서핑을 하거나
야동 아니면 카톡에 열중한다. 밤을 잊은 영혼들! 그
런 식으로 뺑뺑이를 돌면 몸은 병든다. 당연한 일 아
닌가. 아침부터 밤까지, 자정에서 새벽까지, 잠들어
도 잠든 게 아니고 깨어 있어도 깨어 있는 게 아닌 상
태로 그 많은 시간을 보냈는데, 병이 들지 않으면 그
게 더 이상한 노릇이다.

　노동시간이 많고 업무가 과중한 것은 사회적으로
풀어가면 된다. 그런데 쉬는 시간에도 쉬지 못하는
이 고질적 패턴은 대체, 어떻게, 누가 해결해 주는가.
오랫동안의 사회적 투쟁을 거쳐 노동시간을 줄인 다

음에도, 미친 듯이 일해서 화폐를 증식한 다음에도, 성공의 대열에 들어 노후대책이 다 이루어진 다음에도, 사람들은 쉬지 못한다. 쉬는 법을 잊었기 때문이다. 더 큰 문제는 그게 문제라는 사실을 모른다는 사실이다. 쉬지 못하는 게 얼마나 자신에게 치명적인지, 그게 존재론적으로 얼마나 무능력한 것인지를 자각하지 못한다는 사실이다.

『동의보감』에 따르면 사람의 수명은 호흡의 숫자다. 살아갈 날을 품부稟賦: 선천적으로 타고남받는 것이 아니라 호흡의 숫자를 타고나는 것이다. 호흡수를 적게 타고났어도 그것을 잘 활용하면 오래 살 수 있고, 반대로 아주 많은 숫자를 타고 났더라도 급하고 거칠게 써 버린다면 수명은 짧아진다. 크게 놀랐을 때, "십 년 감수했네"라고 하는 건 이런 의미다. 운동선수들의 수명이 상대적으로 짧고, '골골 팔십'이라는 말이 있는 것도 같은 이치다. 그래서 양생은 다른 것이 아니다. 호흡의 수, 곧 심장박동을 조절하는 것이 관건이다. 술과 섹스, 분노를 다스려야 하는 것도 그 때문이다. 그런 행위들이 주기적으로 반복되면 몸 안에 충동적 리듬이 패턴화되어 버린다. 그러면 가만히 있어도, 아무런 일이 없는데도, 몸이 들뜨면서 화가 나고, 화가 나면 술이 당기고, 동시에 성욕이 동하게 된다.

다시 말해 쉬고 있는데도 쉴 수가 없는 몸이 되는 것이다. '묻지마 살인'이나 '묻지마 자살'도 원리는 비슷하다. 격하게 소용돌이치는 호흡을 오랫동안 누르고 있다가 순식간에 빵! 터뜨려 버리는 것이다. 이렇게 본다면 온 국민을 '멘붕'에 빠뜨리는 엄청난 사건들도 결국은 호흡의 숫자가 결정하는 셈이다.

그런 점에서 우리 시대는 실로 위태롭다. 열정을 가져! 미치도록 사랑하라! 성공을 향해 달려가라! 등등. 이젠 열정을 넘어 광기를 부추기고 있다. 여기서 핵심은 속도다. 빠르고 거칠고 공격적인 리듬, 그것이 열정이고 광기다. 이걸 하루 종일 주입받고 있으니 어찌 쉴 수 있겠는가. 잠시라도 쉬면 죽을 것 같다. 이것이 불안이다. 불안은 영혼을 잠식한다고 했던가. 지금 이 순간도 영혼이 잠식된 신체들이 도처에서 밤거리를 배회하고 있다.

따라서 언제든 휴식을 취할 수 있는 자, 그 사람이 야말로 진정 능력자다. 프란츠 카프카는 말한다. "초조해하는 것은 죄"라고. 누구에게 짓는 죄인가? 바로 자기 자신한테다. 양생적 차원에서는 더더욱 그렇다. 자신에게 휴식을 허용하지 않고 계속 무언가를 하라고 들볶는 행위이므로. 『서유기』에선 좀더 근사하게 말한다. "고수는 서두르지 않는다. 서두르는 자는 고수가 아니다!"

그러므로 휴식은 곧 평화다. 내 안에 있는 평화의 리듬을 일깨우는 것, 그것이 휴식이다. 앞에서 슈만 공명과 뇌파의 주파수가 일치한다고 했다. 덧붙이면, "태양의 방사선 에너지가 지구 전도체에 영향을 미쳐 형성된 이온층이 결과적으로 우리 생명의 가장 편안한 휴식과 명상의 토대를 형성하고 있는 셈이다". 한데, "더욱 놀라운 것은 우리의 숨결이다. 우리는 들이쉬고 내쉬는 사이에 잠깐씩 숨을 멈추는데, 숨이 멈추는 이 휴지 때의 주파수가 슈만공명의 주파수대와 정확히 일치하기 때문이다".(서정록, 『잃어버린 지혜, 듣기』, 345쪽) 즉, 호흡 중에서도 휴지 상태가 우주적 리듬에 가장 가깝다는 것이다. 그래서 호흡이 길어진다는 것은 들숨과 날숨을 길게 하라는 뜻이 아니고, 들숨과 날숨 그리고 휴지의 길이가 같아지는 삼중 사이클을 만들라는 뜻이다. 그것이 가장 자연스럽다는 의미다. 따라서 휴식할 줄 모른다는 것, 호흡이 거칠다는 것은 평화를 즐길 줄 모른다는 뜻이 된다.

그러니 참 이상한 노릇이다. 사람들은 누구나 세계의 평화를 원한다. 그런데 자기 몸의 평화는 누릴 줄 모른다. 아니, 누리려고 하지 않는다. 그런데 세계가 어떻게 평화로울 수 있을까? 에콜로지를 구현하려면 내 몸이 곧 자연임을 깨쳐야 한다고 했다. 마찬가지로 세계 평화를 원한다면 가장 먼저 내가 평화를 구현할 수 있어야 한다. 초조와 불안에서 벗어나 어떤 상황에서도 결코 당황하지 않고 호흡의 삼중 사이클을 만들어 낼 수 있는 것, 이것이 평화의 구체적 형식이다. 그게 고수가 되는 길이기도 하다. 다른 무엇이 아닌, 인생의 고수가 되는 길. 고수가 되려면? 당연히 고도의 훈련이 필요하다. 불안과 초조를 제압할 수 있는!

4-3.
기억과 기억력

<개과천선>이라는 드라마가 있었다. 천재적 두뇌의 소유자건만 성공과 돈에 눈이 먼 초특급 변호사(김명민 분)가 기억상실증에 걸렸다. 이 사람은 자신이 누구인지, 이전에 무슨 짓을 했는지, 어떤 인생을 원했는지 등은 다 잊었건만, 희한하게도 법에 대한 지식과 정보는 하나도 까먹질 않았다. 그래서 이전과는 달리 가난하고 약한 사람들을 위한 변호 활동을 하고, 애증이 심했던 아버지와도 진심으로 화해를 하게 된다. 임상적으로 이게 가능한지는 모르겠지만, 기억과 기억력은 전혀 다른 활동이라는 걸 새삼 일깨워 준 드라마였다. 그가 성공과 돈에 집착하게 된 건 유년기의 상처 때문이었다. 그런데 그 기억을 망실해 버리자 원래 타고난 본성대로 살아가게 된다는 점도 신선한 착상이었다. 그렇다. 기억에서 벗어나면,

아니 기억의 주술로부터 해방되면, 전혀 다른 인생을 살아갈 수 있다.

과거에 대한 집착과 미래에 대한 기대, 이것을 일러 망상이라 한다. 망상이 모든 불안의 원천이다. 그러면 집착과 기대를 버리면 되지 않는가? 맞다. 그런데 이것을 놓을 수 없게 하는 장치가 있다. 기억이 바로 그것이다. 기억이란 과거의 경험에 대한 재구성이다. 그래서 솔직히 모든 기억은 날조다. 우주가 기우뚱한 채로 움직이는 한, 어떤 것도 고정된 것은 없다. 어떤 사건, 어떤 사실도 내가 서 있는 지점, 나의 신체 상태 등에 따라 무수히 변주될 수밖에 없다. 아인슈타인의 상대성원리는 기억의 메커니즘에도 그대로 적용된다. 그럼에도 하나의 고정된 기억을 계속 되뇌는 건 결국 욕망 혹은 환상 때문이다. 예컨대, 요즘은 거의 모든 드라마가 기억이라는 주제를 다룬다. 특히 유년기의 기억. 그것은 트라우마의 원천이자 출발이다. 20대가 되어도, 40대가 되어도 이 기억을 놓지 못한다. 아니, 놓지 않는다는 표현이 더 적절할 것이다. 그 이유는 역시 미래의 환상에 있다. 사랑받고 싶다는 욕망, 스위트홈의 판타지, 불멸에 대한 갈망 등등. 결국 과거와 미래는 서로를 얽어맨 채 쉬지 않고 '왕복달리기'를 한다. 그 결과 현재는 실종되어 버린다.

한편, 기억의 영역이 이렇게 비대해지는 데 반해, 기억력은 점점 약화되고 있다. 기술의 진보로 최소한의 정보도 다 인터넷이 해결해 준다. 자기집 전화번호조차 외울 필요가 없다. 내비게이션이 등장하자 운전자들은 길을 보지 않는다. 그냥 지시하는 대로 이동만 하면 된다. 모든 활동이 거의 다 이런 식이다. 그럼 뇌는 어디에 쓰는 거지? 물론 정보를 조직하고 재배열하고 이미지를 입히고 하는 새로운 활동이 부과되기는 한다. 하지만 그와 더불어 뇌를 충전할 수 있는 아주 기초적인 활동들은 현저하게 줄어들었다.

이 또한 불안의 요소다. 스스로 할 수 있는 일이 없다는 사실이 스마트폰을 손에서 놓지 못하게 하고, 또 지금 누리는 모든 것이 순식간에 사라질지도 모른다는 공포에 사로잡히게 한다. 기억력의 부재는 감각을 마비시킨다. 아는 만큼 사랑한다는 말이 있듯이, 사랑을 하려면 대상에 대해 뭘 좀 알아야 한다. 아는 게 없으면 대상에 대한 감각 자체가 무뎌지고, 그렇게 되면 관계가 점차 소원해질 수밖에 없다. 공명의 주파수가 사라진다는 건 바로 이런 뜻이리라.

치매가 아주 흔한 질병이 된 것도 이런 사항과 무관하지 않다. 치매는 이제 더 이상 노인병이 아니다. 젊은이들도 언제든지 걸릴 수 있을뿐더러, 더 끔찍한 사실은 병에 걸리지 않아도 치매와 다를 바 없는 경우가 점점 많아진다는 것이다. 대상에 대해 아는 것도 없고, 느끼는 것도 없으며, 소통할 능력도, 의지도 증발한 신체들, 그게 치매환자랑 뭐가 다른가?

치매란 무엇인가? 존재가 붕괴되는 질병이다. 이 병에 걸리면 기억이 차츰 사라지면서 관계가 증발되어 버린다. 그러면 삶이 통째로 날아가 버린다. 이때 중요한 건 언어의 상실이다. 치매가 시작되면 뇌의 충전이 불가능해지면서 낱말과 어휘, 문장들이 하나씩 사라져 버린다. 그와 동시에 그 언어에 들러붙어 있던 경험들이 함께 지워진다. 예를 들어 아들이라는 단어가 사라지면 아들의 얼굴을 인지하지 못한다. 숫자들이 사라지면 계산이 불가능해진다. 청소기라는 단어가 사라지면 청소하는 방법을 잊어버린다. 말하자면, 기억과 기억력이 함께 증발하는 것이 치매라 할 수 있다. 여기서 더 중요한 건 후자다. 기억은 없어도 살아갈 수 있지만, 기억력이 증발하면 생존 자체가 불가능해진다.

그러고 보면 치매야말로 역설적으로 인간이 곧 '호모 로퀜스'라는 걸 증명해 주는 셈이다. 단언컨대, 언어의 크기가 곧 내 삶의 크기다. 그런데 우리 시대에는 점점 언어들이 사라져 간다. 그러니 초조와 불안이 일상화되지 않겠는가. 치매 환자들이 분노조절이 안 되는 것도 이런 맥락이다. 낱말이 떠오르지 않을 때, 일의 차서를 잊어버렸을 때, 대상이 정확히 누군지 모를 때, 그땐 정상인도 히스테리를 부리게 되어 있다. 언어의 길이 막히면 생리적 회로도 막히는 법이다.

그래서 『동의보감』에서도 「내경」內景 편에 '성음과 언어'를 배치하고 있다. 「내경」은 몸 안의 풍경을 다루는 부분인데, 소리와 언어도 존재의 내부를 구성하는 중요한 항목이라 여긴 것이다. "스스로 말하는 것을 언言이라고 하고 다른 사람에게 대답하는 것을 어語라고 한다." 쌍방향적 관계를 분명히 한 것이다. 그렇다. 주고받는 것이 언어다. 언어를 주고받아야 순환이 이루어진다. 주고받지 못하는 말, 분명하지 않은 말, 듣도 보도 못한 말, 무한히 반복되는 말, 이런 것들은 다 질병이다.

사회적 차원에서도 마찬가지다. 말과 소리가 순환되지 않으면 폭언과 비명이 난무한다. 그래서 분노조절이 안 될뿐더러 건망증이나 기억상실증도 만연한다. 기억이 상실되면 <개과천선>의 주인공처럼 새로운 인생을 시작할 것 같은데 대개는 다시 원점으로 돌아간다. 과거에 대한 집착을 놓지 못한 탓이다. 참

아이러니하다. 기억력은 점점 떨어지는데, 유년기의 부정적 기억은 절대 사라지지 않는다. 마치 우리의 마음과 두뇌에서 기억력이 사라진 빈 곳을 기억이 차지해 버리기라도 한 듯이.

이런 흐름을 바꾸려면 무엇보다 언어를 살아 숨쉬게 해야 한다. 고전을 낭송하는 건 아주 구체적이면서 또 신체적인 활동이다. 그래서 양생이다. 말을 하려면 입과 귀를 써야 한다. 입과 귀가 움직이면 뇌가 충전된다. 고전의 낱말과 문장들은 늘 새롭다. 읽을 때마다 다르게 다가온다. 그만큼 텍스트 안에 다양한 힘들이 흘러다니고 있다는 뜻이다. 이 새로움을 뇌가 가장 즐거워한다. 뇌가 즐거우면 심장을 거쳐 신장으로, 허벅지와 발바닥까지 그 기운이 전달된다. 그리고 오래된 기억을 흘러가게 하려면 그 기억보다 더 활발한 에너지와 파동이 흘러와야 한다. 비슷비슷한 상태로는 낡은 것을 밀어낼 수 없다. 그래서 고전이 더더욱 유용하다. 고전의 지혜와 비전은 '활발발'活潑潑하고 또 원대하다. 거기에서 힘을 길어올려야 비로소 기억의 주술에서 해방될 수 있다. 불안과 초조에서 벗어나 스스로 호흡을 조절할 수 있는, 다시 말해 인생의 고수가 되는 길도 거기에 있다. 그게 또 치매를 예방하는 길이기도 하고.

하긴 따지고 보면, 고수가 되는 길도, 치매를 예방하는 길도 별 게 없다. 로고스를 일상적으로 훈련하는 것뿐. 그 로고스의 진동을 기혈과 근육과 뼈에 새기는 것 말고는. 다산 선생은 그걸 직접 체험한 분이다. 다음의 간증(?)에 귀를 기울여 보시라. 깊이 음미한 다음 큰 소리로 낭송해 보시라.

나는 요즘 퇴계 선생의 문집을 얻어 마음을 가라앉혀 공부하고 있는데, 그 정밀하고 가이없는 학문은 참으로 후생後生이 감히 엿보거나 헤아릴 수 있는 바가 아니다. 이상스런 것은, 이 책을 읽으니 정신과 기운이 느긋해지고 생각이 가라앉아 혈육과 근맥이 모두 안정되고 편안해져 예전의 조급하고 들뜬 기운이 점점 사라진다는 사실이다. 그러니 이 책은 나의 병을 치료하는 약이 아니겠는가.[박희병 편역, 『선인들의 공부법』, 185쪽]

4-4.
명랑하게 자유롭게 — 조르바의 전략

결국 핵심은 소통이다. 고수가 되기 위해서도, 치매
를 예방하기 위해서도 모름지기 소통을 해야 한다.
춥고 배고픈 게 제일 서럽다는 시대가 있었다. 지금
은 이런 사람 거의 없다. 그럼 지금 가장 서러운 건 뭘
까? 외로움! 사람이 없어서, 사람들과 말이 안 통해
서, 정을 주고받을 데가 없어서……. 의식주의 모든
형식이 '불통'을 권하고 있으니 당연한 귀결이기도
하다. 우울증을 비롯하여 거의 모든 병의 원천은 외
로움, 아니 불통이다.

　그런데 이 불통을 극복하려면 먼저 자기의 몸과
소통해야 한다. 곧 움직여야 한다. 움직이려면 사람
을 만나야 한다. 아니, 움직여야 사람을 만난다. 거꾸
로 사람을 만나면 움직이게 되어 있다. 혼자 하는 등
산, 혼자 하는 노동, 혼자 하는 여행, 생각만 해도 지

겹다. 고독을 음미할 순 있겠지만 입과 귀의 운동은 불가능하다. 산에 오르고 자전거를 타고 일을 하고 여행을 하고…… 뭘 하든 함께해야 흥이 나고 활기가 넘친다. 춥고 배고픈 시절엔 무조건 사람들과 부대껴야 했다. 부대끼다 보면 역지사지도 되고, 유년기의 안 좋은 기억도, 블랙홀 같은 자의식도 무너지게 마련이다. 그러면 아무리 가난해도, 아무리 처절한 비극을 겪어도 일상은 명랑해진다. 판소리계 소설을 보라. 흥부와 심봉사, 토끼와 춘향이, 이들이 겪는 삶의 애환은 최강급이다. 그런데도 이들의 서사에는 명랑함이 그득하다. 지지고 볶고 부대끼기 때문이다. 활동의 네트워크가 있는 한, 사람은 대체로 비극적 정서에 매몰되지 않는다. 고난과 슬픔 속에서도 희로애락의 파노라마를 맛볼 수 있어서다. 그러면 일단 '살만하다'고 느끼게 된다. 그 '살맛'을 나게 해주는 게 다름 아닌 입담이다. 말의 힘이다.

그 전략과 기술을 고수 중의 고수인 '그리스인 조르바'한테 배워 보기로 하자.

"결국 당신은 내가 인간이라는 걸 인정해야 한다 이겁니다."(조르바)

"인간이라니, 무슨 뜻이지요?"(나)

"자유라는 거지!" (조르바) [니코스 카잔차키스, 『그리스인 조르바』, 이윤기 옮김, 열린책들, 2009(세계문학판), 24쪽]

『그리스인 조르바』의 서두에 나오는 대목이다. 여기서 '나'는 작중화자이자 저자인 니코스 카잔차키스 Nikos Kazantzakis다. 그리스의 정서와 사상을 전 세계에 알린 현대문학의 대가다. 한편, 조르바는 세계 곳곳을 떠돌아다니는 방랑자다. 노동자면서 뱃사람이고 또 산투르라는 전통 악기를 연주하는 음유시인이기도 하다. 두 사람은 크레타 섬으로 가는 배 위에서 운명적으로 마주친다. 작중화자인 '나'는 배를 타기 전 사랑하는 친구와 가슴 아픈 작별을 한 터였다. 인생은 만남과 헤어짐의 변주라 했던가. 누군가가 떠나는 순간 또 다른 누군가가 다가온 셈이다. 그런데 조르바와의 만남은 이전의 그 어떤 것과도 비할 수 없이 매혹적이었다. 그 강렬함이 저 대화 속에 담겨 있다.

보다시피 조르바의 어조는 단호하다. '인간은 자유'라는 것. 익숙한 듯하면서 낯선 어법이다. '인간은 자유를 원한다, 자유를 위해 투쟁한다' 등의 말은 귀에 못이 박히도록 듣고 또 하기도 한다. 하지만 조르바의 말은 그런 뜻이 아니다. 그에게 있어 자유란 원하거나 혹은 얻기 위해 투쟁해야 할 무엇이 아니다.

그런 표현에는 이미 인간과 자유 사이에 깊은 '골'이 있음을 전제한다. 조르바에 따르면, 인간이 되는 순간 그 즉시 자유로워야 한다. 다시 말해 인간과 자유 사이엔 '호리毫釐의 차이'도 있을 수 없다.

그래서 문득 궁금해진다. 그럴 때 자유란 대체 무엇일까? 그것은 우리가 아는 상투적인 문법, 예컨대 개인주의 혹은 정치적 권리나 보장 따위의 경계를 훌쩍 뛰어넘는다. 그것은 존재의 무의식, 그 심연까지 망라하는 개념이다. 그런 점에서 이 소설은 '자유에 대한 인류학적 탐사'라 할 수 있다. 조르바는 실존인물이다. 1915년, 마침내 그리스도 제1차 세계대전의 전쟁터가 되었다. 전쟁으로 석탄이 부족해지자 카잔차키스는 조르바라는 일꾼을 고용하여 갈탄광산을 운영한다. 그의 나이 34세 때였다. 그즈음 그의 일기에는 이렇게 쓰여 있다. 자신의 위대한 스승은 "호메로스, 베르그손, 니체"라고. 이들에게서 받은 사상적 영감에 생생한 육체적 힘을 부여해 준 존재, 그가 바로 조르바였다. 이때의 경험이 훗날 『그리스인 조르바』라는 불후의 명작으로 탄생된 것이다.

조르바는 야생적이다. 그에게는 문명이 결코 포획할 수 없는 생의 에너지가 가득하다. 그 에너지가 향하는 곳은 당연히 '에로스'다. 그는 세상 모든 과부들을 사랑해 주어야 한다는 사명감에 불타는가 하면, 자신과 관계한 여성들의 치모를 모아 베개를 삼기도 한다. 언뜻 보면 희대의 바람둥이 혹은 변태성욕자 같기도 하다. 하지만 그의 에로스는 결코 쾌락과 죽음충동이라는 블랙홀에 빠지지 않는다. 그와 사랑을 나누면 쭈글쭈글한 과부 역시 싱싱한 청춘으로 되살아난다. 사랑을 나눈다는 것 자체가 그에게는 생명의 능동적 활동에 속한다. 또 그는 여성들을 사랑하듯 일과 만물을 사랑한다. 광산에서 일을 할 때, "그는 사방으로 뻗어 나간 갱도를 혈관처럼 느낄 수 있고, 그가 일을 할 때면 대지와 곡괭이와 갈탄에 호흡을 일치시킬 수 있었다". 그러므로 그의 에로스적 여정은 현대인들의 사랑법 ── 쾌락은 소유로, 소유는 집착으로, 집착은 다시 변태로 이어지는 ──과는 아무런 공통점이 없다. 그의 열정은 끊임없이 유동하고 또 접속한다. 가장 놀라운 건 그가 죽음을 대하는 태도다. 갱도가 막혀 모두가 위험에 처하자 그는 놀라운 평정심으로 사람들을 구해 낸다. 그는 진정 평화의 사도이자 인생의 고수다. 절체절명의 순간에도 호흡을 조절할 수 있으므로.

저자는 말한다. "조르바는 내가 오랫동안 찾아 다녔으나 만날 수 없었던 그 사람이었다. 그는 살아 있는 가슴과 커다랗고 푸짐한 언어를 쏟아 내는 입과 위대한 야성의 영혼을 가진 사나이", 즉 "아직 모태인 대지에서 탯줄이 떨어지지 않은 사나이"다. 가슴과 입과 야성의 삼중주!

그의 매력 포인트는 뭐니뭐니해도 '푸짐한 입'이다. 그 입을 통해 나오는 말과 소리로 여성들은 물론이고 모든 존재들과 거리낌없이 소통한다. 그것이 그가 추구하고 또 구현한 자유다. 이 자유는 비장하지 않고 명랑하다. 그러고 보면 자유와 명랑은 깊이 상통한다. 자유로운데 무겁고 탁하다면 그 자유는 자유가 아닐 것이고, 명랑한데 부자유스럽다면 그 또한 어불성설이다. 자유가 삶의 비전이라면 명랑은 삶의 전략이다. 그리고 그 전략의 교두보는 그의 입이다. 또 목소리다. 따라서 명랑하게 자유롭게 살고자 한다면 무엇보다 조르바의 목소리와 푸짐한 입을 훔칠 일이다.

4-5.
말과 밥과 똥 — 양생술의 키워드

조르바의 인생이 증명해 주듯, 운명론적으로 볼 때 밥과 말은 같은 리듬을 탄다. 해서, 말을 잘하는 사람은 절대 굶어 죽을 걱정이 없다. 말 한마디에 천냥 빚을 갚는다는 것도 이런 맥락이다. 대하소설 『임꺽정』을 보면 정말 실감이 난다. 꺽정이와 그의 친구들, 곧 칠두령은 다 길 위의 백수들이다. 이들이 배짱 좋게 맨손으로 떠돌아다니는 건 믿는 구석이 있어서다. 길손을 재워 주는 풍속이 그것이다. 한데, 그 풍속을 잘 활용하려면 말솜씨가 특히 중요하다. 말 한마디에 그날의 운수가 결정되니 말이다. 아닌 게 아니라 이들은 모두 입담 하나는 끝내 준다. 칠두령이 깊은 우정을 나누게 된 것도 결국은 입담 덕분이다. 밑천은 자신들의 험궂은 인생스토리. 우연히 만나 술 한잔 걸치면서 자신의 내력을 털어놓기 시작하면 밤새도록 말잔치가 벌어진다. 그렇게 한바탕 '썰'을 풀고 나면 서로 천하에 둘도 없는 지기가 된다. 이것이 말이 곧 밥이 되고 인연이 되는 이치다.

한편, 말은 무기이기도 하다. 세치 혀는 칼보다 무섭다는 말이 있고, 오죽하면 구설수라는 말이 있겠는가. 구설수 한방에 평생 쌓은 공든 탑이 무너지기도 하고 가문이 풍비박산나는 경우도 적지 않다. 그래서 구설수를 조심하라고 하는 것이다. 밥이 될 것인가? 화가 될 것인가? 당연히 말과 밥이 이어지는 길을 택해야 한다. 앞에서도 밝혔듯이, 목소리는 신장, 심장, 폐가 운동해야 나오고, 밥을 소화시키려면 비위와 대장, 소장이 잘 순환해야 한다. 결국 말과 밥은 오장육부의 오케스트라다. 여기에 또 하나 빼놓을 수 없는 것이 똥이다.

『동의보감』의 첫 장인 「내경」 편은 정精·기氣·신神으로 시작하여 소변·대변에서 끝난다. 똥오줌도 몸 안의 풍경 가운데 하나라 여긴 것이다. 하긴 그렇다. 똥오줌이 없는 신체는 송장이다. 밥을 먹으면 반드시 싸야 한다. 잘 먹고 잘 싸면 잘 자게 된다. 그게 양생술의 진수인 수승화강이다. 수승화강이 잘되면 당연히 말도 잘 나온다. 똥이 잘 안 나오면 말도 잘 안 나오는 법이다. 똥 마려울 때의 표정을 한번 떠올려 보

라. 이목구비가 일그러지기 때문에 대화가 불가능하다. 그야말로 불통의 표정인 것. 결국 말과 밥과 똥은 하나의 라인을 이룬다.

밥과 똥은 구체적인 물질인 데 반해, 말은 눈으로 볼 수 있는 것이 아니다. 하지만 분명히 에너지와 기운을 느낄 수 있다. 즉, 물질이면서 물질이 아니다. 또 주고받는 것이기 때문에 주체와 객체의 경계도 모호하다. 때론 내가 한 말인지, 누구한테 들은 말인지도 헷갈린다. 그래서인가. 밥과 똥이 중요하다는 건 다들 인정한다. 그런데 말이 얼마나 중요한지는 잘 실감하지 못한다. 말은 다소 '잉여적'인 사항이라 치부하는 것이다. 하지만 생각해 보라. 밥을 먹고 똥을 싸는 이유가 뭐겠는가. 다 살려고 하는 짓이다. 그럼 산다는 건 뭔가? 생각과 말과 행동이다. 유감스럽게도 이 셋은 따로 놀기 십상이다. 머리와 발이 너무 멀기 때문이다. 이 둘을 연결해 주는 것이 입, 곧 말이다. 소리가 세상을 연결하는 다리라는 말은 이 경우에도 적용된다. 하여, 말로 밥을 얻고 밥이 똥이 되고, 그 똥이 다시 말이 되는, 밥과 똥과 말의 삼중주, 이것이 양생술의 기초다.

양생이란 무엇인가? 타고난 생명의 기운, 『동의보감』식 용어로 말하면 '정·기·신'을 잘 갈무리하는 기술이다. 이미 살펴보았지만, 이 우주는 기우뚱하고 불안정하기 때문에 모든 사람들은 '태과불급'의 상태로 태어난다. 그것이 질병과 번뇌의 원천이다. 해서, 이 태과불급을 조율하는 것이 무병장수의 핵심이다. 고로, 양생보다 더 중요한 생의 비전은 없다. 아무리 성공하면 뭣하는가. 생을 보존하지 못한다면. 쾌락이 좋다지만 생명을 지키는 일보다 더 귀한 건 없다. 하여 자기 운명의 주인이 되려면 가장 먼저 양생술을 익혀야 한다. 아, 거창하게 생각할 것 없다. 담백한 식사, 노동과 휴식의 조절, 활발한 소통, 깊은 수면 등이 전부다.

이것을 신체적 차원에서 적용해 보면 밥과 똥과 말의 삼중주가 된다. 물론 요즘처럼 '핫한' 시대에는 이 단순하고 소박한 리듬이 가장 어렵게 느껴진다. 특히 밥과 똥은 물질성을 지니고 있어 그나마 괜찮은데, 말과 양생술은 대체 어떻게 연결되는거야? 라고 생각할 것이다. 혹은 소리가 중요하다면 노래를 하고 음악을 들으면 되는 거 아닌가? 라고 생각할 수도 있다. 그럴 수도 있다. 하지만 그렇게 노래와 음악으로 한정되면 그것은 양생술이 아니라 또 하나의 특별한 상품이나 매뉴얼이 되어 버린다. 그와 동시에 가장 보편적이면서 가장 평범한 신체적 활동, 곧 말과 목소리에 대해선 등한시하는 결과를 낳게 된다.

해서 양생술의 척도인 '밥과 똥과 말' 중에서 결국 말이 핵심 키워드로 부상하게 되는 것이다.

4-6.
낭송과 운명―말과 사주명리학

그와 관련하여 아주 오래된 동양의 지혜가 하나 있
다. 사주명리학이 그것이다. 사주명리학은 '사주팔
자'를 분석하는 운명학인데, 그 추론의 방식이 아주
재미있다. 먼저 만세력을 통해 태어난 때의 연월일시
를 뽑는다. 예를 들면 이 글을 쓰고 있는 지금 이 시
간에 태어나는 아이라면 연주年柱는 갑오甲午, 월주는
신미辛未, 일주는 병신丙申, 시주는 계사癸巳가 된다. 이
네 개의 기둥을 일러 사주라 한다. 이 사주에 포함된
글자 수는 모두 여덟 개, 그래서 사주팔자다.

	시주	일주	월주	연주
천간	癸	丙	辛	甲
지지	巳	申	未	午

이중에서 태어난 날의 천간天干이 이 아이의 명주命主
가 된다. 여기서는 병丙이 거기에 해당한다. 병은 음
양으론 양, 오행에선 화에 속한다. 태양처럼 뜨거운
불이라는 뜻이다. 이 병화를 중심으로 나머지 7개의
글자를 상생상극의 흐름으로 배열하면 이 아이가 밟
아 갈 운명의 지도가 그려진다.

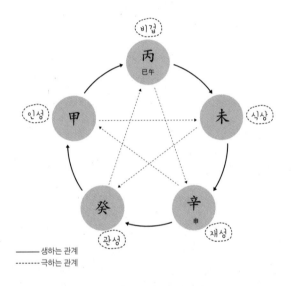

그 다음엔 십신十神이라는 원리를 통해 이 지도를
분석하는데, 십신은 간단히 말하면 인생의 보편적 스
텝이다. 어떤 인간도 이 궤도를 벗어날 수 없다. 태어
난 이상 열 개의 운동에너지를 가지고 있는 셈이다.

그런데 그 첫번째 항목이 다름 아닌 식상이다. 식상은 식신食神·상관傷官을 줄인 말로, 그 구체적인 내용이 밥과 말과 끼(재주)다. 먹고 말하고 끼 부리고…… 이것이 인간이 낼 수 있는 최초의 활동이라는 것. 해서, 식상을 잘 타고나면 '먹을 복을 물고 나왔다'는 식으로 풀이를 한다. 잘 먹는 사람이 말도 잘한다. 또 조르바나 칠두령이 그러하듯, 밥을 달게 먹고 말을 매끄럽게 하면 주변에 늘 사람들이 모여든다. 이것을 일러 인복이라고 한다. 한편, 끼는 재주면서 동시에 성욕이기도 하다. 그래서 성욕의 흐름과 경향도 팔자에 따라 다 다른 법이다. 이를테면, 우리나라에 귀화한 외국인들을 보면 공통점이 있다. 대체로 한국음식을 즐기고 한국여성을 좋아한다. 한국어를 잘하는 건 기본이다. 심지어 한국인도 하기 힘든 사투리 구사에도 능통하다. 식욕과 성욕, 입담이 하나의 리듬을 탄다는 걸 보여 주는 좋은 예다.

이렇듯 말과 운명은 분리될 수 없다. 그래서 한번 내뱉은 말들은 결코 주워담을 수 없다. 그것은 사라지는 것이 아니라 허공에 흩어져서 무수히 변전에 변전을 거듭한다.

"일찍이 내 마음에 일어났던 모든 생각들, 일찍이

내 가슴을 출렁거렸던 모든 감정들, 일찍이 말해졌고, 그것에 대해서 다시는 생각해 본 적이 없는 그모든 말들, 그리고 일찍이 행했으나 잊어버린 그모든 행위에는 생명이 들어 있으며, 그것은 우리의의지와 상관없이 그들의 삶의 여행을 계속한다. 그것은 마치 손에 쥐고 있는 씨앗들을 땅에 던지는농부의 여행과 같다. 농부는 씨앗을 던졌고, 씨앗은 떨어진 그곳에 있다. 대지는 그 씨앗을 받아들이고, 물은 그들을 기르며, 태양과 공기는 그들이자라도록 돕는다.

사람들은 흔히 생각한다. 말하고 나면 사라지고, 행위하고 나면 소멸되며, 일어났던 감정들은 가라앉는다고. 따라서 더 이상 존재하지 않는다고. 그러나 그것은 사라지고 소멸된 것이 아니라 단지 변화가 일어났을 뿐이다. 마치 대지에 던져진 씨앗이그들의 삶을 계속하는 것처럼. 왜냐하면 그것은 생명이기 때문이다. 사람들이 이것을 알지 못할 때,자기 자신에 대해서 알지 못하며, 또한 인생의 비밀도 알지 못한다."(서정록, 『잃어버린 지혜, 듣기』, 89쪽)

내가 한 말들이 그냥 사라진 것이 아니라 어디선가 자라고 소멸하면서 끊임없이 여행을 하고 있다?

한편 뜨끔하기도 하고, 한편 벅차기도 하다. 이 허공이 누군가의 말들로 가득 차 있다고 생각하니 말이다. 결국 우리는 '말의 매트릭스'를 유영하고 있는 셈인가. 그렇다면 운명의 주인이 되기 위해선 무엇보다 이 '말의 길'을 바꾸어야 한다. 말이 밥이 되고 친구가 되는 경로, 그것이 곧 양생이자 개운의 핵심이다.

개운開運은 운을 연다는 뜻이다. 만사가 다 그렇지만, 사람의 운명도 기본적으로 태과불급太過不及이다. 넘치거나 모자라거나, 둘 중의 하나라는 뜻이다. 해서, 넘치는 건 덜어내고 모자라는 건 채워야 한다. 예를 들면 목木기운이 넘치면 발산하는 경향은 강한데, 수렴력이 부족하다. 그럴 땐 금金기운을 통해 수렴성을 키워야 한다. 반대로 금기운이 강하면 마감 능력은 탁월하지만, 수렴성이 강한 탓에 자기 기준이 완강한 편이다. 그럴 땐 반대로 목기운을 통해 활기와 유연성을 북돋워야 한다. 이런 것을 용신用神이라고 하고, 용신을 통해 태과불급을 조율하는 것을 개운법이라 한다.

그럼 말의 기운에도 태과불급이 있는가? 물론이다. 그래서 고도의 수련이 필요하다. 특히 우리 시대는 중간이 없다. 침묵하거나 아니면 과도하게 친절하거나. 이런 식의 화법이 대부분이다. 이해관계가 없으면 말을 섞지 않고, 필요하다고 여기면 과잉친절을 남발한다. 한마디로 언어환경이 심각하게 편향되어 있는 것이다. 관계의 불통 및 편견과 폭력 등은 대부분 여기에서 기인한다. 그렇다면 이것이야말로 시대적 팔자가 아닌가. 이 흐름을 바꾸지 않고서야 어찌 개운이 가능하겠는가. 낭송이 최고의 용신이 되는 이유가 거기에 있다.

낭송은 소리를 통해 내 존재와 환경의 파장을 바꾸는 활동이다. 특히 우리 시대처럼 방방 뜨는 기운이 심할 때는 더더욱 절실하다. 기운이 뜨면 수승화강이 되지 않아 음허화동陰虛火動 상태가 된다. 음허화동은 말 그대로 신장의 물이 부족하여 심장의 불이 망동한다는 뜻이다. 그럴 경우 열이 상체로 치솟게 된다. 갑상선 항진이나 공황장애, 이명과 안구건조증, 불면증에 일중독 등이 다 거기에서 오는 병증이다. 이때 필요한 것은 신장의 물을 자양하고 심장의 불을 가라앉히는 것이다. 거기에는 말과 소리가 가장 효과적이다. 특히 동양고전은 기본적으로 물의 기운을 내장하고 있다. 물의 파동이 곧 지혜를 의미하기 때문이다.

여러 번 강조했듯이, 신장은 뼈를 통해 귀로 이어진다. 신장에 물이 풍부해지면 뼈가 단단해질뿐더러 귀가 촉촉해지고, 그러면 청력이 좋아질 뿐 아니라 더 중요한 건 맥락을 파악하는 능력이 생긴다. 청력과 이해력은 좀 다르다. 소리는 잘 듣는데, 맥락이 이해되지 않으면 정보가 심각하게 교란된다. 그래서 귀만 고쳐서는 곤란한 것이다. 또 설령 청력이 현저하게 떨어진다 해도 맥락을 파악하는 능력만 있으면 얼마든지 소통할 수 있다. 만약 귀가 완전히 먹게 되면 그때부터는 온몸으로 들어야 한다. 뼈와 근육이 다 청각기관이 되는 것이다. 그때 중요한 건 단어 하나하나가 아니라 전체적 맥락이다. 이 능력을 주관하는 것 역시 신장의 몫이다. 그러니 낭송보다 더 좋은 양생술이 어디 있겠는가!

4-7.
왜 '낭송Q시리즈'인가?

용신이나 개운법은 길흉을 조작하고 부귀영화를 불러들이는 기술이 아니다. 스스로 운명의 지도를 파악하여 그 리듬의 태과불급을 조율할 수 있는 능력을 의미한다. 사주명리학의 구조를 다시 살펴보면, 말과 밥(식상)이 재물을 낳고(재성) 재물은 다시 관직이나 지위를 낳고(관성) 그 다음엔 공부와 지혜로(인성) 이어진다. 밥에서 재물로, 재물에서 관직까지는 그런대로 이해가 될 것이다. 그런데 마지막 단계가 공부 혹은 지혜라는 건 좀 생소할 것이다. 그게 사주명리학의 묘미이자 미덕이다. 단순하게 요약하면, 사주명리학적으로 볼 때 인생이란 '말과 밥'에서 시작하여 '공부와 지혜'로 마무리된다. '말과 밥'을 통해 '부귀', 곧 유형적 자산을 취하고 그 다음엔 다시 '지혜'라는 무형의 운동으로 나아가는 것, 그것이 인생이다. 말과 지혜, 그 둘은 모두 로고스를 지칭하는 게 아닌가. 결국 사주명리학적 관점에서 인간은 로고스적 존재인 것이다.

'낭송Q시리즈'를 내게 된 이유가 거기에 있다. '낭송Q'는 '낭송의 달인 호모 큐라스'의 약자다(더 줄이면 '낭큐'로 불러도 된다). 낭송이 왜 큐라스인가? 큐라스curas는 '케어'care의 라틴어다. 케어는 배려와 돌봄, 나아가 치유를 의미한다. 거기다 놀랍게도 저작물, 쓰기의 의미도 있다. 하여, 그리스 로마 시대의 케어는 이 모든 의미를 망라하여 '자기배려'라는 의미로 썼다. 자신의 욕망과 호흡의 불균형을 조절하는 능력, 그것이 곧 자기배려다.[여기에 대해서는 강민혁, 『자기배려의 인문학』을 참조할 것] 양생과 수행의 의미를 동시에 지니고 있는 개념인 것. 그런데 그 구체적 활동은 철학, 곧 필로소피Philosophy였다. 필로소피란 소피아sophia, 다시 말해 '진리'에 대한 사랑이라는 뜻이다. 하긴 진리를 사랑하는 것보다 더 자기를 배려하는 일이 어디 있으랴. 말하자면, 로고스를 존재의 운명으로 받아들인 것이다. 그래서 낭송의 달인은 호모 큐라스다(눈치챘겠지만 큐라스의 원래 철자는 C이지만 우리는 과감하게 그것을 Q로 바꾸었다. 발음은 같지만 Quras에는 '자기배려'라는 원래의 뜻 외에도 Question[질문],

Quest[탐색] 등의 의미도 중첩되어 있다. 해서 '낭송Q시리즈'가 된 것이다).

우리 공동체(남산강학원&감이당)는 백수공동체다. 물적 토대가 빈약할뿐더러 앞으로도 그걸 구축할 생각도 없다. 하지만 그렇다고 우리의 운명을 허투루 간주할 생각은 더더욱 없다. 하여, 우리는 '말'과 '지혜'로 삶의 주인이 되고 싶다. 로고스를 통해 개인의 운명과 집단의 배치를 바꾸는 것, 그것이 우리가 이루고 싶은 '대업'이다.

해서, 먼저 전체의 내비게이션 역할을 할 이 책, 『낭송의 달인 호모 큐라스』와 함께 28권의 낭송집을 내고자 한다. 왜 28권인가? 동양의 별자리인 28수宿에 조응하기 위해서다. 동양의 별자리는 동청룡(목木), 남주작(화火), 서백호(금金), 북현무(수水) 등으로 구성되어 있다. 각 별자리들은 모두 7개씩이다. 해서 도합 28개다.(손영달, 『별자리서당』 참조) 28권을 한꺼번에 내는 것이 아니라 오행(목·화·토·금·수를 말한다. 이 중에서 '토土'는 목·화와 금·수 사이를 중재하는 매개자라 여기서는 생략되었다)의 리듬에 맞춰 7권씩 순차적으로 낼 것이다. 따라서 고전 한 권을 낭송한다는 건 그 별자리와 나의 존재가 서로 감응하는 우주적 활동이 된다. 근사하지 않은가? 28수宿라 하기도 하고, 28사

舍라 쓰기도 한다. 수宿나 사舍는 모두 일월오성이 머무는 숙소라는 의미다. 특히 사舍 자를 써서 "이십팔사"라고 부르면 "기를 펼치다"는 뜻이 더해진다. 즉, '28사'란 일월오성이 돌고 돌면서 세상에 기를 펼쳐주는 자리이고, 여기서 우주의 바람인 팔풍이 일어나 계절과 절기가 생겨난다. 그러므로 이 28권의 고전을 낭송함으로써 이 우주적 순환에 동참할 수 있다면, 그 또한 근사한 일이 아니겠는가?

각 별자리의 서두에는 판소리계 소설을 배치했다. 판소리야말로 우리말의 풍요로움을 맛볼 수 있는 최고의 고전이기 때문이다. 판소리에 담긴 인정물태와 희로애락을 터득할 수 있다면, 칠두령이나 조르바 못지 않게 '푸짐한 입'을 갖게 될 것이다. 아울러, 마무리엔 『동의보감』을 네 장으로 나누어 하나씩 배열했다. 『동의보감』을 낭송하면 그 소리만으로도 몸이 생리적으로 감응하게 된다. 자신의 몸을 의학적으로 이해하는 것도 최고의 양생술이다. 아는 만큼 자유로워지는 법이니. 판소리계 소설이 화려한 입담을 펼치면서 시작한다면 『동의보감』은 그 발산된 기운들을 수렴해 주는 '평형수' 역할을 해줄 것이다. '호모 큐라스'라는 이름과 잘 어울리는 배합이다. 판소리계 소설과 『동의보감』 사이에는 유교와 불교의 경전 및 동

아시아가 배출한 최고의 명문장들이 배열될 것이다. 부족하나마 유불도儒佛道 '삼교회통'三敎會通의 비전을 구현하고자 했다.

하나씩 살펴보면, 먼저 봄. 봄은 동쪽이고 푸른색이며 동물로는 청룡이다. 그래서 봄의 별자리는 동청룡이다. 오행상으로는 목木의 기운에 해당한다. 오장육부에선 간담이, 얼굴에선 눈이 목에 배속된다. 오륜 중에선 인仁에 해당한다. 하여, 동청룡 7편에선 목기운을 담고 있는 고전들을 배열했다. 판소리계 소설에선 『춘향전』을, 『동의보감』은 그 첫장인 '내경편'이 선정되었다. 그 사이에 『논어/맹자』와 『전습록』, 『아함경』과 『열자』, 『열하일기』 등 한 시대를 열어젖힌 쟁쟁한 작품들이 낭송을 기다리고 있다. 사상적으로든 서사적으로든 봄의 창조적 기운을 맛볼 수 있는 작품들이다. 청춘의 열정으로 새로운 비전을 탐구하고 싶다면 동청룡 7편에 접속하시라.

동청룡이 봄의 소나타라면, 남주작은 화려한 오케스트라다. 남은 여름이고 화火, 붉은색, 동물로는 주작이다. 오장에선 군주지관인 심장이, 얼굴에선 눈빛과 혀가 여기에 속한다. 화기는 발산력과 표현력을 특징으로 한다. 오륜으로는 예禮가 화기운에 조응한다. 불은 따뜻하기도 하지만 순식간에 뜨거워지는 게 문제다. 뜨거워지면 다 태워 버리고 사방으로 흩어진다. 생명수를 고갈시킬 수도 있다. 따뜻하되 뜨겁지 않은 것. 이것이 남주작의 핵심이다. 판소리계 소설로는 『변강쇠가/적벽가』가, 『동의보감』은 '외형편'이 배치되었다. 『주자어류』와 『장자』, 그리고 『금강경외』, 『홍루몽』과 『삼국지』 등이 그 사이를 주름잡고 있다. 역시 화려하다. 제목만 들어도 와우~ 하는 감탄사가 절로 나온다.

서백호는 금金, 곧 가을의 기운이다. 색깔로는 흰색, 동물로는 백호다. 오장육부 중에선 폐와 대장이, 얼굴에선 코가 금에 속한다. 가을은 심판의 계절이다. 가을이 오면 여름에 무성했던 것들이 다 소멸되고 사라진다. 그래야 열매를 맺을 수 있기 때문이다. 오륜 가운데는 당연히 '의'義에 속한다. 금기운이 부족하면 폐가 약하기도 하지만 무엇보다 맺고 끊는 결단력이 부족하다. 그러면 생활이 늘 산만하고 분주하다. 금기운을 내 안에 자양하고 싶다면 서백호에 해당하는 고전을 읽으시라. 서두는 『홍보전』이 열고, 마무리는 『동의보감』 '잡병편(1)'이 맡았다. 그 사이에는 『손자병법/오자병법』과 『한비자』, 『선어록』과 『서유기』, 그리고 18세기 조선이 낳은 가장 개성 있는 작가 '이옥'의 작품이 배열되어 있다. 돈과 전쟁, 법과 구도,

슬픔과 애환 등 예리하고 서늘한 기운들로 충만하다.

북현무는 적막과 열정의 이중주다. 북쪽은 오행상 수水, 곧 겨울의 기운이다. 색으로는 검은색, 동물로는 현무다. 현무는 거북이다. 거북이의 느린 걸음, 그것이 겨울의 속도다. 그래서 겨울이 오면 신장의 기운이 충전된다. 신장의 기운은 귀와 이빨, 턱으로 이어진다. 해서 신장이 튼실하면 청력이 좋고 유머감각이 있다. 말을 잘하는 사람을 '청산유수'라고 하는 것도 이런 이치다. 오륜에선 '지智'가 여기에 해당한다. 상상력과 유머, 예지력 등도 다 물의 기운에 속한다. 판소리계 소설에선 『토끼전/심청전』이, 『동의보감』에선 '잡병편(2)'가 각각 처음과 끝을 맡았다. 『도덕경/계사전』과 『사기열전』, 『대승기신론』과 『동의수세보원』, 그리고 『18세기 소품문』이 그 사이에 배열되어 있다. 토끼의 위트와 기지, 노자의 지혜, 소품문의 명쾌함 등 물처럼 '유동하는 지성'을 터득하고 싶다면 북현무와 접속하시라.

4-8.
낭송과 산책 ― 걸으면서 낭송하기

요컨대, '낭송Q'시리즈는 내 안의 사계를 일깨우기 위한 수행법이다. 4계절, 24절기, 72절후와 함께 리듬을 탈 수 있다면 그 사람이 곧 호모 큐라스다. 핵심은 역시 리듬이다. 리듬을 어떻게 일상화할 것인가? 신체가 리듬을 타려면 역시 몸을 써야 한다. 가장 좋은 몸쓰기가 바로 걷기다. 거리든 골목이든 산이든 숲이든 걸을 수 있는 곳은 무조건 걸어라. 건강을 위해 어쩔 수 없이 걷는 것이 아니다. 걷기는 인간의 권리이자 또 즐거운 놀이다. 성찰과 친교가 동시에 가능한 활동이다. 자동차가 많아지고 자가용이 일반화되면서 우리는 모두 도보의 권리를 빼앗겼다. 그 대가가 신체적 무능력, 특히 상체와 하체의 불통이다. 인간관계에도 치명적이다. 연인끼리, 친구끼리 천천히 걸으면서 이야기를 나누는 풍경이 거의 사라졌다. 돈도

안 들고 양생에도 좋고, 사람과 풍경을 동시에 관찰할 수 있고…… 이보다 더 좋은 휴식과 충전이 없는데도 말이다.

이 도보의 권리를 되찾아야 한다. 이것은 낭송과도 깊은 연관이 있다. 소리는 신장이라고 했다. 신장은 귀로 연결되어 있지만 동시에 허벅지와 발바닥으로 이어져 있다. 발바닥 중간의 용천혈이 신장과 연결된 경맥의 핵심이다. 용천혈을 자극할 수 있는 건 걷기뿐이다. 그리고 신장이 튼실하면 허벅지가 풍만하다. 현대의학에서도 이 점은 인정한다. 허벅지가 얇으면 심장질환을 앓을 확률이 높고 수명에도 지장이 있다고. 더 중요한 건 허벅지가 얇으면 집중력과 근기가 떨어진다. 당연히 신뢰와 소통에도 문제가 있다. 더구나 요즘은 하의실종 패션으로 젊은 여성들은 하체를 거의 드러내 놓고 다니지 않는가. 그래서 허벅지가 더더욱 얇아지고 있다. 얇아짐과 동시에 냉하게 된다. 생식력이 떨어지는 건 물론이고 생리불순을 포함한 각종 부인병에 시달릴 수 있다.

처방은 오직 하나다. 무조건 걸어야 한다. 치유의 척도는 호흡이다. 빠르지도 느리지도 않은 '정중동'의 호흡, 그것이 가능한 운동은 걷기밖에 없다. 걸으면서 헐떡이는 이는 없으니까. 실연이나 사별로 가슴이 터질 것 같거나, 억울함과 분노가 뼈에 사무칠 땐 일단 걸어라. 걸으면 발의 속도와 리듬이 호흡을 조율해 준다. 글쓰기가 이루어지는 것도 서재가 아니라 길 위에서다. 강의를 나가면 독자들이 종종 묻는다. 강연 다니랴 공동체 생활하랴 바쁘실 텐데 대체 언제 글을 쓰세요? 그럴 때 하는 답변. 움직여야 글쓰기가 가능합니다. 사람을 만나고, 열차를 타고, 낯선 곳을 가야 글이 내게로 옵니다. 그렇다. 인생은 동사다! 말에도 생로병사가 있다. 그 유동적 흐름에 접속하려면 나 또한 움직여야 한다. 산책이야말로 일상의 리듬을 매끄럽게 운용하는 최고의 기예다.

그래서 낭송과 절묘하게 짝이 된다. 낭송을 하노라면 자연스레 산책을 즐기게 된다. 이와 관련하여 아주 흥미로운 자료가 하나 있다. 18세기 말 유럽의 독서교육론에 나오는 대목이다.

수고가 드는 산책은 혈행血行을 촉진하고 체액 응고를 막아 주며 병이나 권태감을 예방한다. 비가 오거나 날씨가 나쁠 때, 또는 병고에 시달릴 때는 큰 소리로 낭독하여 옥외 산책의 즐거움과 효용을 대신할 필요가 있다.(로제 샤르티에 외 엮음, 『읽는다는 것의 역사』, 488쪽)

산책과 낭독을 양생술로 보는 것도 흥미롭지만 더 재밌는 것은 둘을 완전히 '한쌍'으로 간주하는 점이다. 실제로 그렇다. 바로 우리 연구실 학인들이 그 증거다. 참고로 우리 연구실 뒤편엔 서울 시내 최고의 산책로인 남산순환로가 있다. 덕분에 산책이 일상화되었다. 산책을 하는 학인들 손에는 대개 암송자료들이 들려 있다. 다른 일과 병행하기는 어렵지만, 산책은 낭송과 함께 할 수 있는 아주 드문 활동이다. 소리와 다리의 리듬을 맞추는 것이 의외로 잘 어울린다. 친구들과 호흡을 맞출 수도 있고. 덕분에 옆에서 걷는 이들의 귀도 행복해진다. 모든 철학자는 산책자라는 말도 실감할 수 있다.

산책의 미덕은 봄, 여름, 가을, 겨울을 만끽할 수 있다는 점에도 있다. 그러니 단 일 년만이라도 고전과 함께 사계절을 통과해 보라. 그러면 다르게 산다는 것이 무엇인지, 몸과 우주가 조응한다는 게 무엇인지를 비로소 실감할 수 있을 것이다. 그러니 낭송하라, 또 산책하라! 걸으면서 낭송하라!

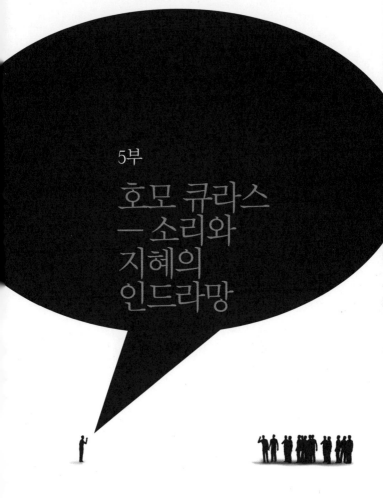

5부

호모 큐라스
— 소리와
지혜의
인드라망

5-1.
군자와 백수

2014년 상반기는 드라마 <정도전>과 함께 보냈다. 본방을 사수하느라 지난 몇 년간 늘 시청 1순위였던 <개그콘서트>를 포기해야 하는 아픔을 겪어야 했다. 퓨전 역사극에 넌덜머리가 나던 차에 정통 사극의 맛을 톡톡히 보여 준 드라마였다. 삼각관계가 없어도, 출생의 비밀이 없어도 이토록 치열하고 밀도있게 인간과 권력을 그려낼 수 있다는 것이 놀라웠다.

매회 명대사가 쏟아졌는데, 그중에서 특히 나를 감동시킨 대사가 하나 있다. 정도전이 절망의 끝자락에서 동북면으로 가 이성계를 만난다. 이성계에게 함께 대업을 이루자고 하자, 이성계가 칼을 빼어 정도전의 목을 겨눈다. 자신을 반역자로 만들 생각이냐면서. 그때 정도전이 설파하는 것이 민본民本이다. 민본의 핵심은 모든 백성이 자기 땅에서 농사를 짓는 것이다. 여기까지는 누구나 알 만한 내용이다. 내가 주목한 건 그 다음 대사다. 정도전은 힘주어 말한다. "모든 백성이 군자가 되어 사는 나라"를 만들고 싶다고. 이 대사는 중간에 한 번 더 나오고, 최종회의 마지막 부분에 또 한 번 등장한다.

아주 귀 밝은 독자가 아니라면 무심하게 흘려보냈을 수도 있다. 하지만 나에게는 이 대사가 귀에 와서 콕! 박혔다. 모든 백성이 군자가 되어 사는 나라. 얼마나 감동적인가? 민본이나 민생은 대개 정치적 권리와 경제적 평등의 차원에서 끝난다. 차별받지 않고 먹고 살게 해주면 그것이 곧 태평성대라 보는 것이다. 과연 그런가? 그렇다면 지금이야말로 태평성대 아닌가. 굶어 죽지도, 전염병이 휩쓸지도, 전쟁을 겪지도 않는 시대다. 하지만 우리는 알고 있다. 지금이 얼마나 난세이고 혼세인지를. 무엇이 문제인가? 자기 삶의 주인이 아니기 때문이다. 국가의 주인은 국민이다. 하지만 그게 보장된다고 해서 모든 국민이 자기 삶의 주인이 된다는 보장은 없다. 정치경제적 주권을 누리는 것과 삶과 운명의 주인이 되는 것 사이엔 참으로 큰 간극이 있다. 이 간극과 소외는 지금껏 어떤 개혁과 혁명으로도 극복하지 못했다. 그것은 제도와 시스템의 문제가 아니기 때문이다. 그것은 지성과 깨달음의 영역이기 때문이다.

말하자면, 군자가 되려면 인생과 우주의 이치를 터득해야 한다. 그러면 어떻게 되는가? 천지만물과 '통하게' 된다. 여기에는 경계가 없다. 인간은 물론이고 동식물, 그리고 무생물에 이르기까지. 나아가 생사의 경계도 넘을 수 있다. 따지고 보면 모든 혁명의 비전은 여기에 있다. 부의 분배, 민주적 절차, 제도와 서비스 등은 결국 다 그걸 위해서지 그 자체가 목표일 수 없다. 결국 문제는 사람이고 삶이다!

그래서 이 말이 내 귀에 걸린 것이다. 군자와 소인의 차이는 신분이나 직업, 관직, 따위와는 아무 상관이 없다. 아니, 오히려 부와 권세를 멀리할수록, 아니 기꺼이 멀리할 수 있어야 군자라 할 수 있다. 직업적으로 따진다면 오히려 프리랜서에 가깝다. 치세일 땐 나아가 경륜을 펼치고, 난세일 땐 물러나서 명철보신

明哲保身: 총명하고 사리에 밝아 일을 잘 처리하여 자기 몸을 보존함하

는 현자, 이것이 군자의 행로다. 주유천하와 자발적 청빈은 기본이다. 한데, 이렇게 정의하고 나니 왠지 아주 친근하게 느껴진다. 우리 시대의 백수와 크게 다를 바 없지 않는가.

앞서도 말했듯이, 21세기 들어 국가, 가족, 직업이라는 정체성의 축이 크게 동요하고 있다. 그 덕분에

바야흐로 백수의 전성시대를 맞이하고 있다. 앞으로 도 상황이 달라질 것 같지는 않다. 하지만 절망할 것 없다. 백수가 지성을 연마하면 군자가 된다. 타의에 의한 가난은 빈곤이다. 하지만 스스로 선택한 가난 은 청빈이고, 청빈이야말로 가장 고귀한 윤리다. 또 고정된 정체성이 없으니 사람이든 일이든 인연의 오 고감에 따라 무상하게 흘러갈 수 있다. 이 '무상성'을 불안이 아니라 자유의 시공간으로 바꿀 수 있다면, 즉 화폐에 연연하지 않고, 국경을 뛰어넘어 세상 모 든 이들과 친교를 나눌 수 있다면, 이게 군자가 아니 고 무엇인가. 아니, 백수야말로 군자가 될 수 있는 최 상의 조건이다. 더구나 지금은 정도전의 시대와 달리 신분적 장벽도 없고 지적 제한도 없다. 누구든 어디 서건 최고의 지성에 접근할 수 있다. 디지털 문명이 선사한 멋진 선물이다.

그럼 이제 남은 건 윤리적 선택뿐이다. 주류에서 배제되었다고 스스로를 포기할 것인가 아니면 그걸 기회로 삼아 자신의 삶을 고귀하게 만들 것인가.— 자기포기 vs 자기배려. 앞에서도 언급했듯이 그리스 로마 시대에는 자기배려의 윤리가 대세였다. 자기를 진정으로 존중하는 자만이 타인을 통치할 수 있다고 여긴 것이다. 그리고 자기를 존중하려면 무엇보다 자

기 안의 욕망과 호흡을 조절할 수 있어야 한다. 그런
존재가 바로 '호모 큐라스'다. 백수가 군자가 되는 길
도 여기에 있다. 자기배려의 달인, 곧 호모 큐라스가
되면 된다.

5-2.
인생은 하루다!

살기도 팍팍한데 그게 가능하냐고? 가능하다. 아니,
그렇게 믿어야 한다. 현대인들은 참 이상하다. 성공
을 향한 배팅은 허망하기 짝이 없는데도 그걸 희망이
라고 믿는다. 하지만 누구나 할 수 있고 누구나 가야
할 보편적 코스에 대해서 이야기하면 '그게 대체 어
떻게 가능하냐?'며 시큰둥해하거나 되려 화를 낸다.
또 리더십의 원천이 소박한 카리스마, 솔선수범 등이
라는 건 누구나 인정한다. 아니, 그런 지도자를 열렬
히 갈망한다. 이순신 장군도 그렇고, 프란치스코 교
황도 그런 분이다. 거슬러 올라가면 고전에서 만나는
멘토들도 다 비슷한 미덕을 가지고 있다. 왜 그런지
아는가? 그건 특별한 재능이 아니기 때문이다. 소박
한 삶은 곧 자발적 청빈이고, 솔선수범은 최상의 양
생술에 해당한다. 말하자면, 교황을 비롯하여 위대한

멘토들은 특별한 능력을 지닌 슈퍼맨이 아니라 자기 배려의 달인, 곧 호모 큐라스인 셈이다. 그렇다면 당장 그렇게 살면 된다. 그러면 나도 그들처럼 고귀한 존재가 되지 않겠는가. 근데, 이게 추상적이고, 비현실적인가? 참으로 알 수 없는 노릇이다.

요컨대, 자기의 삶을 고귀하게 하는 행위, 거기에는 외모도 스펙도 재능도 필요없다. 그저 매일매일의 실천만 있으면 된다. 다시 말해 일상의 리듬이 자발성과 청빈으로 가득 차면 된다. 그러면 또 이렇게 반문할 것이다. 그렇게 해서 어느 세월에 삶이 바뀐단 말인가? 이 또한 한탕주의가 낳은 통념이다. 늘 한방에 도약하는 걸 꿈꾸다 보니 일상이 삶의 현장이라는 걸 망각한 것이다. 삶의 현장은 몸이고, 몸은 일상 속에서만 현존한다. 일상을 떠난 몸, 일상을 떠난 삶은 없다. 그리고 일상은 언제나 '오늘 하루' 속에서만 자신을 드러낸다. 일 년도, 인생도 결국 따지고 보면 하루의 연속이다. 태어나는 순간도 어느 하루였고, 생을 마감하는 순간도 어느 하루다. 오직 하루가 있을 뿐! 하지만 사람들은 이 하루를 참 우습게 여긴다. 항상 일 년, 삼 년, 십 년 단위로 생각하는 버릇이 있어서다. 그래서 늘 다음으로 미루고 지연시킨다.

지금 사람들은 당장 공부를 시작하려 들지 않고 대부분 내일 하겠다고 한다. 만일 오늘 오전에 볼 일이 있다 할지라도 저녁쯤에는 공부를 시작할 수 있겠건만 오히려 내일 하겠다고 한다. 또 이 달이 아직 며칠 남았건만 반드시 다음 달에 가서 하겠다고 하고, 이 해가 아직 몇 달 남았건만 필시 말하기를 "올해는 얼마 남지 않았으니 내년에 가서나 하겠다"고 한다. 이래 갖고서야 어떻게 학업이 이루어지겠는가.(박희병 편역, 『선인들의 공부법』, 54쪽)

성리학을 완성한 주자의 말이다. 얼마나 소박하고 진솔한가. 아마 뜨끔한 이들이 적지 않을 것이다. 주자의 말은 '지금 당장' 시작하라는 것이다. 살아 있다는 건 '지금, 여기'가 전부이기 때문이다. 그래서 하루가 바뀌면 운명이 바뀐다. 이 하루를 어떻게 보낼 것인가? 호모 큐라스가 되고 싶다면 이 질문과 대면해야 한다.

우리 주변엔 수많은 힐링의 기예들이 있다. 전통무예에서 명상법, 춤치료, 미술치료 등등. 현대인들의 몸과 마음이 만신창이가 되다 보니 각종 치유법들이 백가쟁명격으로 등장한 것이다. 방법은 다르지만 공통점이 하나 있다. 내 안의 자연(혹은 야생)을 일깨우는 것. 그게 아니고선 도저히 이 문명의 진군을 감당해 낼 도리가 없는 탓이다. 한데, 이런 기예들은 자칫하면 자연에 대한 신비주의로 화할 우려가 있다. 치유를 황홀경의 체험과 혼동하기 때문이다. 그런 함정에 빠지지 않으려면 방법은 하나다. 자연지自然智, 곧 자연과 지성이 결합하면 된다. 따지고 보면 동양의 세 스승——공자, 노자, 부처——이나 그리스 로마 시대의 철학자나 그들이 추구한 진리는 공통적으로 자연지에 해당한다. 천지만물과의 소통을 중시한 것도 그 때문이다. "만물이 모두 나에게 갖춰져 있다."(맹자), "우주 사이의 일은 곧 나의 일이요, 나의 일은 곧 우주 사이의 일이다."(육상산), "대인이란 천지만물과 일체되는 이다. 천하를 제 집처럼 여기고, 나라 사람을 자신의 몸처럼 여긴다."(왕양명) 등등. 이런 테제들은 맹목적으로 자연에 복속되는 신비주의가 아니다. 자연의 법칙과 이치를 터득하여 삶의 윤리로 구현하고자 하는 지적 모험이다. 즉, 로고스적 열정의 산물이다.

낭송이 윤리적 수련이 되는 이유도 거기에 있다. 인류가 도달한 최고의 지성에 접속하는 길이자 동시에 가장 단순, 소박한 방법이기 때문이다. 춤이나 노래, 명상과 기도 같은 특별한 코스가 아니라 사람이면 누구나 가능한 길이기 때문이다. 보편적인 너무나 보편적인! 그래서 인간적인 너무나 인간적인!

지금 사람들은 공부가 일상에 있음을 알지 못한다. 높고 먼 데 있어서 행하기 어려운 것으로 생각한다. 공부는 특별한 사람이나 하는 것으로 간주하고 자기는 자포자기해 버린다. 이 어찌 슬픈 일이 아니겠는가.(박희병 편역, 『선인들의 공부법』, 119쪽)

율곡 선생의 말씀이다. 정말 그렇다. 공부는 특별한 것이 아니다. 그래서 일상이 가장 중요하다. 구체적으로 말하면, 생각과 말과 행동, 이것이 일상의 동선이다. 생각과 말과 행동은 한 번에 하나밖에 할 수 없다는 특징이 있다. 동시적으로 여러 가지를 할 수는 없다. 하여, 여기서 삶이 결정된다. 생각의 리듬, 말의 기운, 행동의 방향. 이 세 가지가 일치하기란 쉽지 않다. 이 분열을 극복하여 신체와 일상을 리드미컬하게 만드는 것이 자기배려의 포인트다.

생각은 머리, 말은 입과 혀, 행동은 발바닥이 담당한다. 결국 머리와 입, 발바닥이 어떻게 조응하는가가 나를 결정한다. 그런데 소리를 내는 동안엔 딴 짓을 할 수 없다. 물론 그렇다고 머리가 일치되기란 쉽지 않다. 자꾸 다른 곳으로 이동할 수 있다. 그렇기 때문에 묵독은 더더욱 곤란하다. 머리가 산란할 때 묵독을 하면 한 단락도 집중하기 어렵다. 낭독은 그보다는 조금 낫지만 그 또한 한계가 있다. 입으로는 소리를 내면서 생각은 먼 곳을 향하는 경우도 얼마든지 있기 때문이다. 그래서 낭송을 해야 한다. 생각과 말, 머리와 입을 일치시키는 연습, 그것이 곧 낭송이다. 머리와 입의 일치, 이것만 해도 몸은 충분히 평화롭다. 그러면 발바닥도 거기에 조응한다. 하여, 낭송이 일상화되면 자연스럽게 쾌락에 미혹되지 않는다. 욕망의 지도가 바뀌기 때문이다. 쾌락의 미혹에서 진리에의 열정으로! 그 순간 '즉각해탈'(도법스님)이 이루어진다. 인생에 있어 이보다 더 큰 '대업'이 있을까?

5-3.
'다른 노년'의 탄생을 위하여!

하루가 모여 한 달이 되고 세 달이 모이면 계절이 된다. 사계절이 흐르면 일 년이 되고, 그 일 년들이 모여 일생이 된다. 일 년이 사계절이듯, 하루도 사계절이고 일생도 사계절이다. 생로병사가 곧 춘하추동 아닌가. 산다는 건 내 안에 있는 이 리듬을 일깨우는 일이다. 그 리듬에 맞게 살아갈 수 있다면 그게 최고의 삶이다. 봄에는 봄답게, 여름엔 여름답게, 청년은 청년답게, 노년은 노년답게.

인도의 브라만교에선 일생을 네 개의 주기로 나눈다. 학습기, 가주기, 임서기, 만행기. 청년기엔 학습을 하고, 중년엔 집안을 경영하고, 오십 이후엔 숲에서 명상을 하고, 노년엔 천하를 떠돌며 삶의 지혜를 나눈다. 이것이 인생에 내재한 율동이자 리듬이라는 것. 한편, 공자의 일대기도 고유한 리듬을 가지고 있다. 열다섯에 학문에 뜻을 두고[志于學], 서른에 두 발로 서고[而立], 마흔에 미혹에 빠지지 않고[不惑], 오십엔 천명을 알고[知天命], 육십에는 귀가 순해지며[耳順], 칠십에는 하고 싶은 대로 해도 법도에 어긋남이 없었다[從心所欲不踰矩], 이것이 공자가 밟은 생의 스텝이다. 사주명리학에서 보는 운명의 지도와 여러 모로 상통한다. '말과 밥'에서 시작하여 세속적 가치를 추구하다가 '지혜의 길'로 이어지는!

리듬을 타는 것은 매우 중요하다. 겨울이 올 것을 미리 알고 있으면 겨울의 혹한도 견딜 만하다. 늦여름의 무더위가 가을의 도래를 예고한다는 걸 아는 것과 모르는 것 사이에는 큰 차이가 있다. 생로병사의 리듬 역시 마찬가지다. 특히 호모 큐라스가 되려면 반드시 터득해야 하는 지혜다.

키케로의 『노년에 관하여/우정에 관하여』가 바로 그런 지혜로 가득 찬 고전이다. "인생과 자연의 길은 하나뿐이며, 그 길은 한 번만 가게 되어 있네. 그리고 인생의 매 단계에는 고유한 특징이 있네. 소년은 허약하고, 청년은 저돌적이고, 장년은 위엄이 있으며, 노년은 원숙한데, 이런 자질들은 제철이 되어야만 거두어들일 수 있는 자연의 결실과도 같은 것이라네." 이것이 노년에 대한 찬사, 그 서곡이라면, 다음은 우정에 대한 찬사다. "인생에서 우정을 앗아가는 자들은 말하자면 세상에서 태양을 앗아가는 것이나 다름없네. 불사의 신들이 인간에게 준 선물들 가운데 우정보다 더 좋고 더 즐거운 것은 없기 때문이네." 내용과 의미는 제쳐 두고 일단 이 문장들을 깊이 음미해 보라. 눈으로 읽다 보면, 혀가 근질근질해질 것이다. 그럴 땐 참지 말고 소리 내어 낭독해 보라. 암송하여 누군가에게 전할 수 있다면 더더욱 좋고! 이렇듯 이 고전은 '시보다 더 시적인' 산문으로 유명하다.

저자인 키케로는 로마제국의 웅변가이자 수사학자로 고전 라틴산문의 창조자라는 평을 듣는 대문호다. 『노년에 관하여』와 『우정에 관하여』는 각기 독립된 저술이지만 둘 다 그의 말년에 자신의 평생지기인 앗티쿠스에게 헌정한 대화록에 속한다. 대화체의 생동감과 라틴어의 운율이 만났으니 이토록 아름답고 멋드러질 수밖에. 거기다 '노년과 우정'이라는 보편적 주제를 다루고 있으니 누군들 그의 목소리에 귀를 기울이지 않으랴.

먼저 노년에 관하여. 예나 이제나 사람들은 노년을 두려워하거나 경멸한다. 노년을 청년의 결핍으로 여기는 것이다. 무엇보다 쾌락을 즐기지 못한다는 점 때문이다. 거기에 대한 키케로의 태도는 아주 단호하다.

"세월이 정말로 젊은 시절의 가장 위험한 약점으로부터 우리를 해방해 준다면, 그것은 세월이 우리에게 주는 얼마나 멋진 선물인가!" 쾌락은 인생의 특권이 아니라 약점이란다. 더 나아가, "자연이 인간에게 준 역병 가운데 쾌락보다 더 치명적인 것은 없다." 이어지는 에피소드. 이미 연로해진 소포클레스에게 누군가 아직도 성적 접촉을 즐기느냐고 물었다.──"아이고 맙소사! 사납고 잔인한 주인에게서 도망쳐 나온 것처럼 이제 나는 막 거기서 빠져나왔소이다." 하긴 그렇다. 쾌락은 주로 성욕과 관련된 것이고, 그것은 언제나 깊은 허무를 동반하지 않는가. 하여, 거기에 '빠지는' 순간, 결코 만족이란 있을 수 없다. 갈망은 결핍을 낳고 결핍은 다시 더 큰 갈망을 낳는 식으로.

하지만 노년에는 갈망 자체가 없으므로 그것이 주는 결핍 또한 없다는 것. 그러므로 노년이란 '마음이 성욕과 야망 등 온갖 전투를 다 치르고 난 뒤 자신과 더불어 화해하는 시간'이다. 그렇다면 노년의 삶은 무엇으로 채워지는가? '친구들과의 대화', 그리고 '왕성한 탐구열'. 노년과 우정, 노년과 지성이 연결되는 지점이 바로 여기다. 그에 따르면, '천지만물은 모두 우정에 의해 연결된다'. 이 이치를 터득해 가는 것이 곧 지혜. 인생과 우주의 근원에 대해 탐구하고 하루의 많은 시간을 친구들과 보내는 시기, 그것이 곧 노년이다. 노년의 원숙함과 평화는 바로 여기에서 비롯한다.

이 자연의 이치를 망각할 때 노년은 한없이 비루해진다. 멀리 갈 것도 없이 바로 우리 시대가 그렇지 않은가. 동안열풍과 성형중독이 보여 주듯이, 우리 시대는 오직 청춘에 대한 광적인 집착만이 난무한다. 노년의 지혜가 들어설 자리가 없다. 죽음 역시 마찬가지다. 오직 연장하고 늘리는 것만이 능사가 아니다.

다음을 낭송해 보라. 낮고 부드러운 소리로. 아마 몸 전체에 깊은 울림이 일어날 것이다.

"끝이 있는 한 그 어떤 것도 내게는 길다고 여겨지지 않네. 그 끝이 오면 이미 지나간 것은 사라져 버리니까. 남는 것은 자네가 미덕과 올바른 행동으로 이룩한 것뿐이라네. 시간과 날과 달과 해는 흘러가고, 과거는 돌아오지 않으며, 미래에 무슨 일이 일어날지 누가 알겠는가! 그러니 우리는 각자 자신에게 주어진 수명에 만족해야 하네. (……) 자연과 조화를 이루는 것은 무엇이든 선으로 간주되어야 하네. 한데 노인들이 죽는 것보다 자연과 조화를 이루는 것이 또 어디 있겠는가? (……) 마치 과일이 설익었을 때에는 따기가 힘들지만 농익었을 때에는 저절로 떨어지듯이, 젊은이들에게서는 폭력이, 노인들에게서는 완숙이 목숨을 앗아간다네. 그리고 내게는 이런 '완숙'이란 생각이 너무나 즐거워, 죽음에 다가갈수록 마치 오랜 항해 끝에 마침내 육지를 발견하고는 항구에 입항하려는 것 같은 느낌이 든다네."(키케로, 『노년에 관하여/우정에 관하여』, 천병희 옮김, 숲, 2005, 80~81쪽)

결국 노년의 지혜란 자연의 리듬을 밟아 가는 것에 다름 아니다. 물론 쉽지 않다. 그래서 친구가 필요하다. 함께 생로병사의 이치를 탐구하면서 인생의 완숙에 도달할 수 있는! 이쯤 되면 우정이 왜 '인생의 태양'이자 '신이 준 최고의 선물'이라고 했는지 납득할 수 있으리라. 하여, 나는 소망한다, 우리 시대도 부디 젊음에 대한 집착과 망상에서 벗어나, 우정과 지혜가 함께하는 '다른 노년'의 탄생을 기획할 수 있기를!

5-4.
글쓰기, 로고스의 창조

낭송의 절정에선 무슨 일이 벌어질까? 다시 말해, 낭송이 일상화되고 그래서 내 안에 고전의 소리들이 울려퍼지면 그때 무슨 일이 일어날까? 소리의 재창조가 일어난다. 이 우주 사이의 모든 것은 쉬임없이 교차하고 융합된다. 그리하여 그것은 다시 세상에 순환되기를 열망한다. 그것이 곧 글쓰기다. 책과 신체의 오버랩이 낭송이라면, 아기를 낳듯 책을 출산하는 것이 곧 글쓰기다.

이 과정은 지극히 자연스럽다. 억지로 노력하거나 밀어붙여서 되는 것도 아니다. 말과 소리도 자기들만의 길이 있다. 화가 나면 자기도 모르게 막말을 쏟아내지 않는가. 어디서, 어떻게 흘러나왔는지도 모르는 말들이 마구 튀어나온다. 마찬가지로 고전의 소리들도 몸 안에서 스스로 자신의 길을 연다. 그 과정에서 오장육부와 어울리고 세포와 융합되면서 새로운 말들이 탄생한다. 그것이 어느 정도 쌓이면 저절로 발산하게 되어 있다.

고전평론가가 된 이후 이런 경험을 수도 없이 했다. 아침에 일어나 눈을 뜨는 순간, 갑자기 말들이 떠오른다. 산책을 하다가, 친구들과 수다를 떨다가, 강의를 하다가 전혀 내가 생각지도 않은 말들이 내 입에서 쏟아지곤 한다. 그 말들은 내 안에 있을까? 밖에 있을까? 많은 경우 그냥 흘러가 버려서 다시 복원하기가 불가능하다. 그런 경우, 분명 내가 하긴 했지만 그 말이 과연 '나의 것'이라고 할 수 있을까? 그저 나의 몸을 관통하여 여기저기로 흘러 다닌다고 해야 맞지 않을까? 그야말로 파동이고 물결이다.

낭송이 글쓰기로 이어지는 것 역시 생리적 현상에 가깝다. 로고스는 내 안의 평형수라고 했다. 물이 차면 흘러 넘치게 마련이다. 입안에 침이 고이고, 밥이 당기고, 말이 많아진다. 마찬가지로 뇌수로 흘러가면 아이디어가 솟고 그러면 손이 근질거린다. 쓰지 않고는 배길 수가 없는 것이다. 그런 점에서 낭송의 목표가 글쓰기라는 말은 부적절하다. 낭송을 하다 보면 저절로 글쓰기로 이어진다고 봐야 옳다. 물론 그 사이에 필사라는 단계가 하나 더 있긴 하다. 낭송이 말로 하는 수행이라면, 필사는 손으로 하는 수행이다. 근대 이전엔 서예가 지성의 중요한 척도였다. 글씨체를 보면 그 사람의 내공을 가늠할 수 있었다. 입이 손을 움직이고, 손이 다시 입을 바꾼다. 여기에 새로운 호흡을 불어넣으면 새로운 언어가 탄생한다. 그 산파는 다시 손이다. 이것이 로고스의 탄생경로다.

우리 공동체(감이당&남산강학원)는 이 창조적 순환을 수련의 코스로 삼고 있다. 동서양 고전을 읽는다는 건 결코 쉽지 않다. 개념도 단어도 낯설고 생경하다. 그래서 요가나 108배, 청소와 산책같이 몸을 단련하는 일과 병행한다. 몸의 리듬이 바뀌면 눈이 좀 밝아진다. 귀를 열기 위한 작업이 곧 낭송이다. 수업의 시작 전과 후에 반드시 암송을 배치한다. 집중력을 기르기 위해서다. 아무리 열독한다 해도, 책을 덮는 순간 대부분의 내용은 연기처럼 사라진다. 하지만 암송한 부분은 오롯이 내 안에서 살아 움직인다. 아, 물론 내용을 잊어버릴 수도 있다. 하지만 그 파동은 뼈에 흔적을 남긴다. 그런데 암송을 하기 위해선 필사도 필수적이다. 손에 로고스를 새기는 작업인 것이다. 그렇게 외우고 쓰다 보면 자신도 모르게 글을 창조하고 싶어진다. 이 대목에서 문득 'curas'에 책 혹은 쓰기 등의 의미가 있었다는 사실이 떠오른다. 인류는 자기배려와 글쓰기가 맺는 심오한 연관성을 이미 오래전부터 파악하고 있었던 것이다.

하여, 호모 큐라스에겐 세 가지 구호가 있다. 낭랑하게 낭송하라! 필사적으로 필사하라! 글로벌하게 글쓰기하라!

5-5.
진리는 자유다! ─3G의 인드라망

앞의 둘은 그럴싸한데, 세번째 '글로벌하게'가 잘 이해되지 않는다고? 맞다. 비슷한 발음을 활용하다 보니 그렇게 됐다.^^ 하지만 의미가 아주 없는 건 아니다. 아니, 어떤 점에선 아주 심오한 의미를 담고 있다. 우리 공동체식으로 말하면, '글로벌'은 '국경이 없는'이라는 의미다. 더 구체적으로 말하면, 국경을 넘어 자유롭게 이동하면서 인생과 자연을 탐구한다는 뜻이다. 그런 비전탐구의 여정을 글로 옮기는 것이 '글로벌하게' 글쓰기다. 천지만물과 소통하기 위한 워밍업이라고나 할까. 국가와 가족, 화폐와 쾌락에서 벗어나 운명의 주인이 되는 길이기도 하고.

그 길에는 크게 세 가지 유형의 배움이 있다. 지식과 지성, 지혜. 그래서 3G다. 좀 이상한가? (그래도 할 수 없고^^) 지식이 정보라면, 지성은 정보의 네트워크, 지혜는 삶과 죽음에 대한 탐구, 곧 영성에 해당한다. 인간은 누구나, 어디서나 이 3G를 중심으로 살아간다. 이걸 관통하는 이치를 진리라고 부른다. 우리 시대는 이 세 가지가 낱낱이 분리되어 있다. 지식과 정보는 학교에서, 지성은 학교 밖 배움터에서, 지혜와 영성은 종교단체에서. 이렇게 되면 삶 또한 분리된다. 삶을 총체적으로 볼 수 있는 방법이 없기 때문이다. 그러므로 21세기는 이 3G의 유동성에서 그 비전을 찾아야 할 것이다. 이름하여, 지식과 지성과 지혜의 인드라망! 거기에선 동양과 서양이, 물질과 정신이, 개인과 사회가, 나아가 세속과 영성이 혼용되는 삶의 새로운 형식이 만들어질 것이다. 그렇게 된다면 모든 국민이 군자가 되고, 모든 백수가 '호모 큐라스'가 되는 길도 열리지 않을까.

그 길을 평생에 걸쳐 탐구한 스승이 크리슈나무르티다. 그에 따르면, 진리는 '길 없는 대지'다. "나의 관심은 다만 한 가지, 그것은 모든 사람들을 완전히 '무조건의 자유'를 누리게 함에 있을 뿐이다." 요컨대 "무조건의 자유", 그것이 곧 진리라는 것이다. 그는 길 위에서 사람들과 끊임없이 이야기를 나누었다. 그가 하는 가장 중요한 역할은 질문자의 전제를 깨는 것이다. 그를 찾아오는 이들은 한결같이 진리를 어떤 고매하고 특별한 것, 이를테면 저 높은 산정 아니면 저 아득한 심연의 무엇으로 간주한다. 즉, 언제나 진리를 자신의 외부에 설정해 두고 있는 것이다. 그렇기 때문에 늘 메시아나 지도자, 멘토 등을 찾아다닌다. 크리슈나무르티는 바로 그 지점을 맹렬히 공격한다. 그것은 또 다른 권위에의 예속일 뿐 결단코 진리가 아니다.

그렇다면 대체 진리란 무엇인가? 아주 간단하다. 진리는 항상 새로운 것이고 항상 변화한다. 즉, 진리는 유동한다. "진리는 반복이 아니다, 반복은 거짓이다." 하지만 우리는 우리의 삶을 언제나 낡은 기억, 낡은 습관, 낡은 전통으로 채우려 한다, 이미 지나간 것들을 붙들고 그 기억에 의존하여 삶을 지탱하려 한다. 그래서 점점 무거워진다. 과거와 기억이라는 짐을 잔뜩 짊어지고 나아가야 하는 탓이다. 그러다 보면 문득 아득해진다. 내가 누구지? 어디로 가야 하지?

그 혼란과 산만을 해결하기 위해 누군가를 찾아 헤매는 것이다. 자신을 위로하고 달래 주면서 물질적, 심리적 충족을 제공해 줄 누군가를. 하지만 그건 도피거나 중독에 불과하다. 자신의 삶과 대면하기를 포기했다는 점에서. 크리슈나무르티는 말한다. "자신의 가슴을 타인의 노래로 채우지 마라!" 나를 구원할 이는 오직 나뿐이다. 그 누구도 나의 삶을 대신해 줄 수는 없다. 그러므로 오직 나 스스로 삶의 현장에서 매 순간 체득해 갈 수밖에 없다. 낭송을 하고 필사를 하고 글쓰기를 해야 하는 이유가 여기에 있다. 소리와 지혜의 인드라망을 스스로 열어 가야 하는 이유가 여기에 있다. 진리는 자유고, 그 자유는 오직 스스로 열어 가야 하는 길이기에. 붓다는 말한다.

"젊은이, 나는 누군가를 어깨에 태워 그 목적지까지 데려다 줄 수는 없다. 어느 누구도 다른 사람을 태워 마지막 목적지까지 데리고 갈 수는 없다. 단지 사랑과 자비로 '그렇다, 이것이 길이다. 이것이 길을 가는 방법이다. 당신도 가보라, 그러면 그곳에 도달할 것이다'라고 말할 수 있을 뿐이다. 그러니 몸소 걸어야 한다. 스스로 그 길을 가야만 한다."(『산수목련경』, 『중아함』)

5-6.
서방정토에선 무슨 일이?

"요절할 사람은 장수하게 하고, 장수할 사람은 신선
이 되게 한다." 이것이 『동의보감』의 양생적 비전이
다. 장수와 신선, 모든 이들이 갈구하는 꿈이다. 거꾸
로 말하면, 사람들은 죽음과 소멸을 가장 두려워한
다. 또 가장 무지한 영역도 역시 죽음이다. 무지가 두
려움을 낳고 두려움이 온갖 질병과 불안을 낳는다.
이 사슬에서 벗어나고자 불멸의 종교를 찾아 헤매고
그게 아니면 사후라도 영생을 보장받고자 기를 쓴다.

그래서 참 궁금하다. 사람들이 그토록 가고 싶어
하는 천국과 극락은 대체 어떤 곳일까? 거기서는 대
체 어떤 삶이 펼쳐질까? 『서유기』를 통해 잠깐 엿보
기로 하자. 삼장법사와 그의 제자들은 온갖 고난을
다 거친 후 마침내 서천에 도달했다. 거리는 십만 팔
천 리. 총 14년 만의 여정이다. 그럼, 석가여래가 계신

서방정토에선 대체 무슨 일이?

삼장법사 일행이 큰길로 들어서니 과연 서방의 부처님이 계신 땅은 다른 곳과는 달라서 기화요초와 오래된 잣나무, 푸른 소나무들이 보였어요. 지나는 마을에서는 집집마다 선을 행하고 모두들 승려에게 공양을 올렸어요. 산 아래에선 항상 수행하는 사람들을 만났고, 숲에서는 나그네들이 경전을 낭송했어요. (오승은, 『서유기』10, 201쪽)

선을 행하고, 공양을 올리고, 수행을 하고 경전 낭송을 한다. "이게 다야?"라고 실망할지도 모르겠다. 그렇다! 이게 다다. 기독교의 천국도 다르지 않을 것이다. 그곳이 천국이 되려면 일단 담백하고 평화로운 일상이 펼쳐져야 한다. 또 그곳에선 모두가 수행자이자 진리의 순례자가 되어야 한다. 그뿐이다! 아마 사람들은 천국이나 극락을 이런 식으로 상상해 보지 않았을 것이다. 원하는 것이 다 이루어지고, 늘 멋지고 황홀한 일이 벌어지는 곳으로 상상했을지도 모르겠다. 하지만 단언컨대 이 우주 안에 그런 식의 천국은 없다!

물론 이런 식의 평화를 지겨워하는 경우도 적지 않

다. 해서, 요괴들 중에는 서방정토를 탈출한 도인들도 상당히 많다. 예컨대, 대붕요괴도 원래 석가여래의 제자였으나 서천을 탈출하여 사타동에서 요괴 노릇을 한다. 왜 서천에서 도를 닦지 않고 요괴 노릇을 하느냐고 타이르자, "잿밥에 소식만 먹으며 가난하고 고생스럽기 이를 데 없지 않느냐? 여기서는 사람고기를 맘껏 먹을 수 있다!"(오승은, 『서유기』 8, 210쪽)며 도리어 비아냥거린다. 쩝! 모두들 그렇게 가고 싶어 하는 서천을 이렇게 '빈티나게' 표현하다니. 결국 천국과 지옥은 스스로 선택하는 것이다. 하여, 자기가 선 자리에서 얼마든지 구현할 수 있다. 서천에서처럼 선을 행하고 고전을 낭송하면 된다.

선비가 하루만 글을 읽지 아니하면 얼굴이 단아하지 못하고, 말씨가 단아하지 못하고, 갈팡질팡 몸을 가누지 못하고 두려워하면서 마음을 붙일 곳이 없게 된다. (……) 부인네나 농사꾼일지라도 자제들의 글 읽는 소리를 들으면 기뻐하지 않을 사람이 없다.
 군자의 아름다운 말 속에도 혹 뉘우칠 만한 말이 있고, 착한 행실 속에도 혹 허물이 될 만한 것이 있다. 그러나 글을 읽는 경우에는 일 년 내내 읽어도 뉘우칠 것이 없으며, 백 사람이 따라서 행하더라도 허물이 생기지 않는다. 명분과 법률이 아무리 좋아도 오래되면 폐단이 생기고, 쇠고기 돼지고기가 아무리 맛있어도 많이 먹으면 해가 생긴다. 많을수록 유익하고 오래갈수록 폐단이 없는 것은 오직 독서일 것이다.

어린애가 글을 읽으면 요망스럽게 되지 않고 늙은 이가 글을 읽으면 노망이 들지 않는다. 귀해져도 해이해지지 않고 천해져도 제 분수를 넘지 않는다. 어진 자라 해도 남아돌지 않고 미련한 자라 해도 도움이 안 되는 것은 아니다. (……) 아름다운 음악 소리를 들어도 때에 따라 귀가 따갑고 머리가 지끈거리는 경우가 있지만, 글을 읽는 경우에는 그 소리를 싫어할 사람은 아무도 없을 것이다. 부모의 바람은 자식이 글을 읽는 것이다. 어린 아들이 글 읽으라는 말을 듣지 않고도 글을 읽으면, 부모치고 기뻐하고 즐거워하지 않는 이가 없다.[박지원, 「원사」(原士),『연암집』(하), 375쪽]

누구나 읽어도, 하루 종일 읽어도, 언제 어디서 읽어도 사람들을 즐겁게 하는 것, 그것은 오직 책뿐이다. 그렇다! 책을 읽는 순간보다 더 고귀하고 평온한 순간은 없다. 내 안의 로고스가 흘러넘칠 때, 그 로고스가 천지에 울려 퍼질 때, 그때 거기가 곧 서방정토다. 기독교의 신이 인간에게 주는 보답 역시 책이란다. 책보다 더 위대한 선물은 없으므로.

나는 때로 다음과 같은 꿈을 꿉니다. 최후 심판의 날 아침, 위대한 정복자, 법률가, 정치가들이 그들의 보답——보석으로 꾸민 관, 월계관, 불멸의 대리석에 영원히 새겨진 이름 등——을 받으러 왔을 때 신은 우리가 옆구리에 책을 끼고 오는 것을 보시고 사도 베드로에게 얼굴을 돌리고 선망의 마음을 담아 이렇게 말하시겠지요. "자, 이 사람들은 보답이 필요 없어. 그들에게 줄 것은 아무것도 없다. 이 사람들은 책읽는 걸 좋아하니까." (버지니아 울프; 사사키 아타루, 『잘라라 기도하는 그 손을』, 송태욱 옮김, 자음과모음, 2012, 55쪽에서 재인용)